いえ、絶対に別れます

登場人物紹介
characters
ブルーノ
貧乏伯爵家の当主で、
王太子の側近を務めている。
自分に自信がなく、
人の意見に流されやすい性格。
結婚当日の夜から家に
一度も帰らないのは
何やら訳があるようで……!?
フェデリカ
薬師かつ錬金術師の
才能がある子爵令嬢。
ブルーノに求婚されてから、
少しずつ惹かれ、
幸せな結婚生活が
始まると信じていた。
白い結婚を理由に離縁して、
新たな人生の一歩を踏み出す。

ジャダ
男でなかったため誕生を喜ばれず、
成長してからも魔法の能力しか
求められない不遇な王女。
長年の片思いの相手である
ブルーノと結婚した
フェデリカを妬んでいる。
パオラ
優しい王太子妃を演じていたが、
実はプライドが高く、狡猾な性格。
とある理由から、ブルーノと関係を持つ。
キリアン
腹違いの弟に命を狙われ、
死にかけていたところを
フェデリカに助けられる。
真面目で穏やかな性格で、
緑の手の能力を持つ。

第一章　決意の朝

「ねえ、ロージー。私こんなに貧相な顔をしていたかしら」

鏡台の前の椅子に座る私——フェデリカ・ミケーレは鏡に映る自分の顔を見ながら、実家から連れてきた侍女のロージーに尋ねた。

緑色の瞳は濁り、目尻は情けなく垂れて、もともと細かった頬は今ではげっそりとした印象になっている。十歳は歳を重ねたように見えるほど、私の顔はやつれていた。

「奥様、そんなことは……」

事実を言った私に、ロージーは肯定することも否定することもできずにうろたえる。

「奥様、もうそう呼ばないで」

「……申し訳ございません」

いつもの癖で私を奥様と呼ぶロージーにそう言うと、彼女は悲しそうな表情を浮かべて頭を下げた。

「あなたを責めるつもりはないのよ。……でも私はもうそう呼ばれたくないの。ロージーなら私の気持ちをわかってくれるでしょう？」

ミケーレ伯爵家の使用人たちは私を『奥様』と呼びながら、陰では夫に見捨てられたかわいそうな子爵令嬢と馬鹿にしている。ロージーは私のそばでそれをずっと見ていた。

「私は……フェデリカ様の苦しみを誰よりも理解しているつもりです」

「ありがとう、ロージー。私は奥様ではなく、ただのフェデリカとして出ていくわ。荷物はすべてしまった？　忘れ物はないわね」

服や雑貨、そして調薬に必要な道具がすべて片づけられ、備え付けの家具以外何もなくなった部屋を見渡す。

旦那様であるブルーノ・ミケーレに嫁いでから一年間、王都にあるミケーレ伯爵家の屋敷の客間で私は暮らしていた。嫁入り道具として持ちこんだ物は、本来私が使うはずだった女主人の部屋にあるのだろう。

だが、その部屋に入る権利がない私には、それらが本当にあるのか確認はできない。

「はい。……フェデリカ様、もう少し華やかな髪飾りにいたしますか？」

いつも以上に私が地味な装いをしているからか、ロージーが手鏡で私の髪を鏡台の鏡に映す。気分を少しでも上向かせようとしてくれる優しさはありがたいけれど、おしゃれをしようという気持ちには到底なれなかった。

「いいの。離縁を願う伯爵夫人にぴったりだわ」

小さな白い襟のついた紺色のドレスにはレースもフリルもついておらず、髪飾りも銀製のシンプルな物を選んだ。

そう、私はこれから離縁の申請をするため神殿に向かう。

旦那様には、直接離縁の申請の話は言っていない。

――だって一年間、一度も彼に会っていないから。

結婚して一度も連絡をしてこない夫などいるのだろうか。もともとこの結婚は政略ではなく、彼が私を見初めた故のものだったのに。

彼に初めて出会ったのは、私が社交界デビューする夜会だった。

このモロウール国では十八歳で成人とされ、公爵家から男爵家までの男女は成人になる年、王宮での夜会に集められる。そこで王からひとりひとり成人を祝う言葉をもらう。

私が成人した年は、外交で他国を訪問していた陛下に代わり、王太子殿下が夜会に出席していた。その王太子殿下の側近として控えていたのが、旦那様だったのだ。

夜会の後、すぐに私の実家であるトニエ子爵家に求婚に来てくれた。彼とは七歳年齢が離れていたけれど、紳士的な性格に少しずつ惹かれていき、年の差を感じることはないくらい楽しい日々を過ごした。

彼が私を好きだと言ってくれたから、苦労を承知でこの家に嫁いできたというのに……旦那様、と一度も呼びかけたことはなかった。

結婚した当日の夜、旦那様は仕事で呼び出された。王太子殿下の側近であるから忙しいのは承知のうえで、それでも初夜だからと寝ずに私は旦那様を待ち続けた。

けれど、旦那様が不在のまま一夜が明けた。

翌朝、執事長のセバスはまるで汚い物でも見るかのように寝不足の私を見つめ、『まだあなたはこの家の女主人ではありません。ですので、女主人の部屋に住むことは許されません』と吐き捨てるように告げてきた。

ミケーレ伯爵家では、旦那様と初夜を過ごさないと正式な妻とは認められない。

そのため奥様と呼ばれてはいても、家政を取り仕切る権利はなく、女主人の部屋に入ることすら許されず客間で暮らすことになった。

セバスは私を女主人ではなく、夫に存在を忘れられている惨めな女としてしか扱わなかった。

旦那様が初夜に屋敷を出ていったきり帰ってこなかったからだ。

使用人たちに形だけの妻だと笑われても、夫に見捨てられたと馬鹿にされても反論すらできない日々。なぜ自分だけがこんなに苦しまなくてはならないのか。

……旦那様は私を思い出してさえいないのだろう。何度手紙を書いても返事は来ず、姿を見ることすらなかった一年。

セバスは旦那様は浮気などしているわけではなく、ただ仕事をしているだけだと言う。けれど、私を蔑む誰も彼もが憎くて信じられなくて、ただただこの自分の運命を不憫に思うしかなかった。

それでも、もしかしたら結婚して一年という節目の日だけは帰ってくるかもしれない、それが無理でも手紙の返事くらい届くかもしれない。

そう思って昨日の朝、私の決心をつづった旦那様宛の手紙をセバスに託した。

——今日何も言葉をいただけないのであれば離縁の申請をいたします、と。

結婚一年の贈り物、花の一輪などとそんな贅沢は言わない。せめて手紙の一通、いや、セバス伝いでもいいからひと言あれば、私は今後も大人しく旦那様の帰りを待ち続けようと決意していた。

そして、私の期待は見事に裏切られたのだ。

白い結婚は、女性から離縁を申請できる唯一の条件であり、幸か不幸か、私は白い結婚。そして、屋敷の者全員が私たちが白い結婚だと知っている。

つまり、この苦しみも今日で終わる。

昨日までの私の心は、嵐になる前のどんよりと曇った空のように憂鬱だった。ミケーレ伯爵家に嫁いだあの日、私たちを祝福するように澄み渡った空から太陽が降り注いでいたけれど、それはすでに過去のこと。結婚生活は厚い雲に遮られて、二度と光が届かないような絶望を感じていた。

けれど今は違う。雲の隙間から太陽の光が注がれるように、鬱々とした気持ちはどこかに消えて、少しずつ前向きな気持ちが湧いてくる。

「どんなに地味な髪形でも、フェデリカ様の美しさは隠せませんせん」

「お世辞はいいのよ」

ロージーに鏡越しに微笑むと、彼女はどこか寂しそうな表情を浮かべて鏡を魔法鞄にしまう。

「本当のことですよ！　それにしても、この魔法鞄というものは何度使っても不思議ですね。この屋敷にあるものを全部入れても、まだ入るのですよね？」

元気がない私の意識をほかに向けたかったのだろう。ロージーは急に魔法鞄について話しはじめた。

私に甘いお兄様が嫁入り道具のひとつとして持たせてくれたこの鞄は、ハンカチと口紅を入れたらいっぱいになりそうな大きさだが、大量の物を収納できる。

さらに、とても丈夫でどんなに乱暴に扱っても傷ひとつつかず、私とロージー以外の者が使おうとすると中身が取り出せない仕様になっていた。

「ええ。しかも生物を入れても腐ったりしないし、中に入っているほかの物に臭いや血がついたりもしないの。いったいどういう仕組みなのかしら？」

「私にはわかりませんが、この美しい光沢が、まさか魔物が吐き出す糸なんていまだに信じられません」

「そうね。魔物はおそろしいけれど、素材になるからある意味ありがたい存在でもあるわよね。この鞄も魔物の素材があるからこそできたと言えるわ」

伯爵夫人が持つにふさわしい高級な絹製の鞄に見える魔法鞄は、実際は蜘蛛型の魔物が吐き出した、魔糸《まいと》で作られていた。

そもそもこの世界には、魔物と言われるおそろしい獣がいる。

それらはこの世の澱みである魔素《まそ》から生まれ、荒れた土地に多く現れるという性質を持つ。農民でも狩れるほど弱い魔物から、冒険者の中でも最強と言われる上級冒険者でなければ倒せないものまで、さまざまな種類が存在している。そして、その狩った魔物から得た素材を活用して私たちは生活しているのだ。

そんな魔物の素材から作られたこの魔法鞄は、優れた錬金術師である私のお兄様の入魂の作だった。

お兄様は錬金術と調剤の能力のほか、錬金にも調剤にも役立つ鑑定や薬剤合成、素材抽出まで授かっているとても珍しい人だ。

私は錬金術と調剤の能力を持つが、お兄様の能力にはとても敵わない。

人は誰もが何かの『能力』または『職業』のどちらかを最低ひとつ持って生まれてくると言われている。貴族であれば三歳、平民であれば七歳のときに神殿でそれを鑑定してもらう。

「魔物はおそろしくて不思議な存在です。でも、私にとっては魔法も同じくらい不思議です。剣士や弓使いと違い武器はないのに、魔物を狩れるのですから」

「魔法の適性がなければ、そう感じるのかもしれないわね」

魔法の適性は能力や職業とは違って、魔法を使うための力、いわゆる力の有無で判断される。魔力があるのは貴族の血筋の者がほとんどで、平民は滅多にいない。

魔力の傾向によって使える魔法が異なり、人それぞれ得意不得意がある。

私は錬金術に使う魔法と攻撃魔法が得意だ。薬草採取の際、自力で魔物を狩れる程度には使える。薬師には攻撃の術《すべ》を持たない者も多いけれど、冒険者や護衛に頼らず身を守れるのは自分の強みだと思っている。

「私も魔法が使えたら、魔物を狩るとき、お役に立てるのに残念です」

「ロージーは弓で狩れるじゃない、あれだけの腕があるなら十分よ」

魔法が使えないロージーは魔物を狩るときは弓を使う。その腕はピカイチだ。

「ありがとうございます」

ロージーは顔をほころばせる。

「お兄様の錬金術の才能はやはり素晴らしいわ」

魔法鞄を見つめながら、私はお兄様の錬金術の腕をうらやましく思う。

トニエ家は子爵家だが、親族はみな優れた錬金術師であり薬師である。そして、錬金術師と薬師の才は小さな領地しか持たない実家に富をもたらしてくれていた。

中でもお兄様は優秀な錬金術師で、魔力の適性がない人でも魔法を使える魔道具《まどうぐ》というものを開発したり、改良したりしている。魔物の心臓に当たる魔石《ませき》を動力として使うことで、魔法を使えるようにしているらしい。

この国で普及しはじめている、不妊症かどうか確認できる魔道具と親子鑑定の魔道具はお兄様が作った。

子ができない理由は、女性側にあるというのが常識だったけれど、お兄様は女性だけではなく男性に原因がある場合もあるのでは？　という考えからこの魔道具を作ったのだから、その発想力には驚くばかりである。

また薬師としては、トニエ家の者でしか作れない薬がいくつかあり、『国の薬箱』と言われているほどだ。

「お兄様の腕には敵わないけれど、実家に帰ったら好きなものをたくさん作るわ」

自作の塗り薬を入れた小さな陶器の器《うつわ》を手に取りながら、私はロージーに宣言する。

「はい、好きなだけ作ってくださいませ」

この屋敷で暮らして一年、いいことは何ひとつなかったけれど、これからは違う。

私は三通の手紙を机の上に置くと、清々しい気持ちで玄関へ向かった。

「奥様、お出かけですか？」

廊下で、下女のステラが私の顔を見てうれしそうに近づいてきた。

彼女は私が使っている部屋の掃除を担当している。下級使用人である彼女が女主人の部屋や客間を掃除するのは普通はありえない。おそらく、掃除担当のメイドが彼女に仕事を押しつけたのだろう。

本来彼女の仕事ではないというのに、彼女は丁寧に私の部屋を掃除し、心を尽くして仕えてくれていた。

「ええ、神殿に。セバスはもう用意できているかしら」

「執事長様でしたら玄関の前にいらっしゃいますよ」

セバスは『薬師の仕事で出かけるのは仕方ないとしても、旦那様の許可なく外出するなんてはしたない』と言って、私が商業ギルドに薬を納品しに行くときは御者が、外出するときには彼がいつもついてくる。神殿に行くと昨日彼に伝えていたから、勝手に用意しているだろうと思っていたが、その通りだったようだ。

「わかったわ、ありがとう。……ステラ。試しに作ったの、使ってみて」

小さな陶器の器《うつわ》を彼女に手渡す。

「こちらは？」

「傷の回復薬よ。私、部屋の植木鉢で薬草を育てていたでしょう。それを収穫して作ってみたの。魔素の少ない土でも薬草の効果はあるみたいだわ」

濃い魔素は魔物だけではなく、強い薬効のある薬草も生み出す。この一年間、魔素の薄い王都で薬草が育てられるのか実験していた。

「そんな貴重なものいただけません」

「いいのよ、あなたはいつもとてもよく働いてくれているから、これは私からのお礼よ。受け取って」

「ありがとうございます。大切に使わせていただきます」

この屋敷の人間で唯一私に精いっぱい仕えてくれたステラ。本当は彼女に今までのお礼も言いたかったけれど、離縁の申請を周囲に秘密にしている今はまだ口にできない。

「では、行ってくるわね。それ、みんなに見つからないようにね」

「はい、いってらっしゃいませ」

神殿で手続きを終えれば、私がこの屋敷に戻ってくることはない。ステラにはこれからも私に仕えてほしいが、それを決めるのは彼女自身だ。部屋に置いた彼女宛ての手紙を読んで、ステラが私のところに来てくれることを願う。

ステラと別れたあと、私はロージーの手を取り馬車に乗り込んだ。

「行きましょうか」

この屋敷をもう見たくない、と座席に深く座り目を閉じる。それからしばらくして、セバスが馬車に乗り込んできた。

「お待たせいたしました。……奥様はお休み中ですか。呑気なものですね。おい、出してくれ」

私が寝ているのが気に入らないのかセバスは嫌みを言う。そして御者に命令すると、馬車が動き出す。

「セバスさん、お伺いしたいのですが」

ロージーが打ち合わせ通りにセバスに質問するのを、私は眠ったふりをしながら聞く。

セバスは私が何を聞いても答えてくれず、ロージーのほうがまだ会話をしてもらえるから、最後に聞きたかったことを尋ねるように頼んでいたのだ。

「なんでしょうか」

セバスの冷たく事務的な声が、馬車の中に響く。

屋敷の使用人たちには穏やかな口調で会話する彼だが、私たちに対しては冷たく突き放したような態度をとる。その声を聞くたびに悲しい気持ちになっていた。彼にとって所詮私は、格下の家の娘で伯爵家の嫁にはふさわしくないのだろう。

「旦那様に、奥様のお手紙はすべて本当に届いているのでしょうか」

「もちろんです」

「では、お返事は」

「奥様にお渡しできるものはお預かりしておりませんし、言伝《ことづて》もございません」

セバスはきっぱりと言い切った。そして私の気配を窺ったのち、声を低くして続ける。

「旦那様は大変お忙しいのです。奥様は忙しい旦那様に執拗に手紙を送り、旦那様の貴重なお時間を邪魔していると言うのに、返事まで望むのは贅沢です」

贅沢……？　結婚して一年、一度でいいから返事が欲しいと望むのは贅沢なのだろうか。

セバスの言葉にそう反論したいが、寝たふりをしている私は何もできない。

既婚の女性が使うべき嫁ぎ先の家紋入りの便箋は、私には用意されないままだった。旦那様の妻と認められていないから、自分で用意したもので手紙を綴るしかなかったのだ。

婚礼の儀に参列してくださったお客様への礼状さえも家紋入りの便箋は使わせてもらえなかった。私が礼状の送付を許されたのは、両親と祖父母と数人の友人だけで、それ以外のお客様へは、おそらく侍女頭とセバスが送ったのだろう。誰に送るかすら確認させてもらえなかったからわからない。

毎回悲しみと屈辱を味わいながらも、旦那様へ手紙を綴ることを止められなかった。

最初は旦那様の忙しさと体調を気遣う内容だったのが、会えない不安を綴るものになり、何か私が失態をしてしまったのかと尋ねるものに変化していった。そして最後には、使用人たちからのむごい仕打ちについての嘆きになり、帰ってこない彼への悲しみを書いた。

ほんのわずかな時間だけでもいいから帰ってきてほしい、という願いを綴った手紙にも、返事はなかった。

「王太子殿下の側仕えが大変なことは、学のない私でも想像できます。でもたったひと言、お返事を書かれる時間すら取れないのでしょうか」

「……ええ」

ロージーの問いに、セバスは珍しくためらうように答える。こんな彼の声を聞くのは、嫁いでから初めてだ。

「私は着替えや書類などを王宮に届ける際に、旦那様に都度報告し、屋敷の管理について些細なことでも口頭か手紙で必ずご指示をいただいています。ですが、旦那様が奥様についておっしゃったことは一度もありません」

目を閉じて声に集中しているからか、冷たいセバスの声に少しだけ躊躇が含まれているように感じる。

「先ほども言いましたが、私は旦那様に奥様からの手紙はすべてお渡ししています。しかし、旦那様からの返事はいただいていません。もちろん隠しているわけではありません」

私だけに連絡がないのか、セバスにも連絡できないのかそれを知りたかった。彼が嘘をついていないのであれば、旦那様は屋敷には連絡できるのに、私の手紙にはひと言の返事すら書かなかったということ。

聞きたくなかった。けれど、これは絶対に必要な確認だった。

帰ってこられないのは理由があると、会えなくても私を想ってくれていると信じたかった。使用人たちが陰で私の悪口を言っていても、旦那様だけは違うと思っていた。彼に会って気持ちを確認できたら、私はまだあなたを想っていると伝えられたら……

彼への想いを捨てきれず、私だけではなくセバスにも連絡が来ていないのなら、せめてもう一年待ってみようかとも考えていた。

けれど最後の希望、いや、未練は消えた。

彼にとって私はその程度の存在でしかなかったのだと、ようやくわかった。

「わかりました。失礼なことを伺い申し訳ありませんでした」

「謝罪は結構です。奥様を心配されるが故だと理解しておりますから」

「ありがとうございます。では、もうひとつ。今後も奥様はあの客間にお住まいのまま、何もかも今までと同じですか？」

ロージーは私が頼んだふたつ目の質問をセバスにする。

「しきたりですから。まだ奥様には屋敷のことをお任せできないと、以前説明しているはずです」

「では、メイドや下働きが陰で奥様を『トニエ子爵令嬢』と呼ぶのも仕方がないと諦めるしかないのですか？」

ロージーは、私が頼んだ以外のことまでセバスに尋ねる。

「なんですって？」

セバスの声が高くなる。

その心から驚いている声に私は呆れてしまう。使用人たちの言動に気がつかなかったのだろうか。

侍女頭には客人とすら認められず、軽んじられていたことも知らなかったのだろうか。

主人が一年もほうっておいている妻に、本気で仕えたい使用人などいないとわかるはず。

「どういうことですか」

「食事はカチカチのパンと、具の代わりにゴミが浮く冷えたスープが廊下に置かれていました。洗濯を頼めば皺だらけの生乾きです。あれらはすべてあなたの指示だったのではありませんか」

私に関わっていた使用人は一部だったため、屋敷にいる全員ではないのかもしれない。だが、それでもその扱いはひどいものだった。ステラが気遣って自分の食事を私に渡そうとするほど、使用人たちはとても口にはできないようなものを出して、陰で笑っていたのだ。

彼らが私を常に見張っていたため、魔法鞄があっても、焼いたお肉など匂いがするものは持ちこめず、お兄様が用意してくださった食料でなんとかしのいでいた。木の実と乾燥させた果物とチーズを混ぜて焼いたパンや干し肉、匂いで気づかれないようにわざと冷ました野菜のスープを魔法鞄の中に隠し持っていた。そして、使用人たちに気づかれないようにビクビクしながら食べていたのだった。

「奥様は現状を旦那様への手紙に何度も書かれていました。ですが、改善の指示がセバスさんに来ていないのなら、旦那様はたいしたことではないと思っておいでなのでしょうね」

さすがに耐えかねた私は、義父母にも使用人の態度を何度か相談した。

しかし、『格下の家から嫁いできた者だから使用人に舐められているのでしょう。あなたが女主人としてしっかりしていれば問題はなくなるはずよ』と一蹴されてしまった。

私自身が改善するべきことだと片づけられて、それ以来、義父母に話す気力も失せた。

「そんな……」

「これは声を記録する魔道具です。使用人たちが奥様をどれだけひどく言っていたか記録しています。一度しか再生できませんので、旦那様か大旦那様の前で確認してください」

いつの間にロージーはそんなものを用意していたのだろう。一度しか再生できないのであれば、簡易型の魔道具だから自分で用意したのだろうか。

「セバスさん、使用人たちの再教育をされたほうがいいですよ。トニエ子爵家は田舎の下位貴族ではありますが、使用人の質は伯爵家よりよほど上だと思います」

いつも優しく私を励ましてくれているロージーの声とは思えない、低く冷たい声色だった。

私は驚いて、寝たふりを忘れて瞼を開きそうになる。

「何が言いたいのです」

「トニエ子爵家の使用人は、たとえ相手が平民だとしても客人を虐げるなど絶対にしません。ミケーレ伯爵家とは違います」

ロージーは怒りを溜めていたのだろう。気づかれないように薄目を開けると、ロージーは無言になってしまったセバスを睨みつけている。

「……そろそろ神殿に着きますね。奥様、到着いたします」

「……あら、私いつの間にか眠っていたのね」

「昨夜も遅くまでお薬を作られていましたから、お疲れなのでしょう」

先ほどのセバスの嫌みに対抗しているともとれることをロージーは言いながら、私を起こす。

馬車が止まり、私は彼女の手を借り馬車を降りた。

「ミケーレ伯爵夫人、お待ちしていました」

神殿の入り口には、ふたりの神官が待っていた。

「私は司祭様とお話ししてきますから、あなたは寄付の手続きをお願いね」

セバスにそう声をかけると、彼は深々と礼をとり神官とともに歩いていく。

「ロージー、やりすぎよ」

「最後にどうしても言ってやりたかったのです、悔いはありません」

平然と言い切るロージーに呆れながら、もうひとりの神官に案内され、司祭の部屋へ向かった。

飾りのひとつもない、素朴な石造りの神殿の中を歩きながら私は考える。

これから白い結婚による離縁申請を行う。それが認められれば、離縁の申請が受理される。

つまり、つらかった結婚生活がとうとう終わるということ。

受理された瞬間、私は何を思うのだろうか。旦那様への未練はなくなったとはいえ、心の奥底にある悲しみが消えるのかはまだわからない。

「こちらの部屋で少々お待ちください」

神官は控室まで案内すると、中に入らずに去っていく。

私は部屋に足を踏み入れる。誰もいないそこは窓を背に机がひとつあり、向かって右側に細長いテーブル、左側に椅子が四脚置かれていた。

「お兄様はまだなのね」

婚姻手続きは夫と妻、両方揃わなければできない。

一方、離縁の手続きは片方だけでも可能である。ただし見届け人がひとり必要なため、お兄様にお願いしていたのだ。嫁いでから手紙で何度か状況を知らせていくうちに、お兄様は領地から使用人を何人か引き連れて王都の貴族街の外れにあるトニエ子爵家のほうで暮らすようになっていた。

「そのようですね。座ってお待ちになってはいかがですか」

「そうね」

ロージーに促されて、壁を背にした椅子に座る。そして理由はないけれど、なんとなく声をひそめて会話をしていると、向かいの壁にかけられた一枚の絵画が目に留まった。

それは、このモロウールリ国の主神である女神マルガレーテ様が一輪の白い薔薇を両手で持っている絵。

マルガレーテ様は愛を司る神様で、純愛を尊ぶとされている。そのため、この国では王族含め一夫一婦制で、隣国のように後宮などは許されず、庶子も認知されない。

「……白い薔薇」

私はポツリとつぶやく。

白い薔薇は、この国では純愛の証だ。

婚姻の誓いの際、白い薔薇が新郎から新婦へ渡される。薔薇をもらった新婦は、新郎の愛を受け取った証として、白い薔薇を刺繍したリボンを新郎の左手首に結ぶ。

私たちもそうやって婚姻の誓いを立てた。

肩より少し長い金髪をひとつに結んだ旦那様。彼が私を見つめる青い瞳は、とても優しかったと思い出す。

彼の左手首にリボンを結び、私はこの人の妻になれたのだととても幸せだったのに。

私の幸せの絶頂は、彼の左手首にリボンを結んだあの瞬間だった。あれが最高の幸せで、そして悲しみの始まりだった。

「皮肉なものね、白い薔薇に愛を誓ったのに、離縁をこの絵の前で申請するなんて」

これは神殿の嫌がらせなのか。それとも、新しい出会いを見つけなさいという餞《はなむけ》なのかはわからない。

そんなことを考えていると、扉が開き司祭様が入ってきた。その後ろにはお兄様の姿も見える。

「お待たせいたしました」

「お時間を取っていただきありがとうございます」

立ち上がって司祭様を迎える。彼は無表情のまま私に会釈してみせた後、マルガレーテ様の絵の前のテーブルに水晶玉を置く。

「ご連絡いただいた通り、離縁の申請でよろしいでしょうか」

「はい」

「かしこまりました。それでは、こちらの書類にご記入ください」

私は司祭様から手渡された書類に離縁の理由、夫と自分の名前、婚姻の誓いを行った日時を書く。

「お願いいたします」

「拝見いたします。……なるほど、ちょうど一年ですね。では、こちらの水晶に両手で触れていただけますか。二、三お伺いしますので、『はい』または『いいえ』でお答えください」

「はい」

私は緊張しながら両手で水晶に触れる。すると、魔力が抜ける感覚がした。

「あなたは白い結婚を理由に離縁を希望されていますね」

「はい」

「夫である伯爵は承諾されていますか」

「いいえ」

「夫である伯爵はあなたにとっていい夫でしたか」

はいとは言えないが、いいえとも私は言えなかった。だって、わからないから。

「どうしました？」

「……わかりません」

「わからないとは？　では、はい、いいえ、どちらに近いと思いますか」

「離縁を望む相手なので、おそらくいいえなのでしょう。けれど、それを判断するのも難しいのです」

どのように説明したらいいのかわからず、私は助けを求めるようにお兄様に視線を向けた。

だがすぐに司祭様にありのまま話そうと口を開く。離縁したいのは私でお兄様ではないのだから、自分の言葉で司祭様に伝えなければいけないと考えたからだ。

「私は婚姻の誓いのあと、夫と一度も会っていません。彼が屋敷に帰ってこなかったからです。手紙を何度も何度も送りました。そして、帰るのが難しいなら返事が欲しいと書きました。……けれど返事は一度もありませんでした」

偽りがなくても、あまりに情けない話に私は思わず涙が浮かんできてしまう。

「ふむ。それで離縁を考えたと」

司祭様はまっすぐに私の目を見つめる。その表情には感情らしいものは浮かんでおらず、ただ真実を見極めようとしているように感じた。

「私の顔すら見たくないほど嫌っているのか、と手紙に書いたときもあります。なんの返事もなく、私に会うこともしないのなら、結婚一年が過ぎた日に離縁の申請をすると最後の手紙に書きました。ですが、それにも返事はありませんでした」

「伯爵は遠くにいらっしゃる？」

「王宮に勤めています。王宮には夫の部屋があり、そこで寝泊まりしているそうです。もっとも私にはそこに行く資格がありませんから、執事から聞いただけですが」

王宮は屋敷のすぐ近くにあるが、私にとっては遠い遠い場所のように感じられる。王宮の旦那様の部屋に行くためには通行許可証が必要であり、それをセバスは持つ。しかし、書類上の妻でしかない私は王宮の部屋どころか門の中にすら入れない。

「夫に離縁の承諾をされたと、妻であるあなたは理解しているのですね」

「はい」

何かにギュウッと胸を締めつけられるような苦しさを感じる。涙が流れ落ちないように必死にこらえる私は、そう返事をするだけで精いっぱいだった。

「水晶にあなたが白い結婚であると認められました。改めて問います。本当に離縁を望みますか？申請を受理してしまうと、二度と復縁できません。よろしいですか」

司祭様が念を押す。

婚姻の誓いで、リボンを結んだときに見た旦那様の笑顔が脳裏に浮かんで、すぐに消える。未練はなくなったと思っていたのに、まだ彼への愛が残っているのかもしれない。けれど。

「はい」

私は涙を浮かべつつも、司祭様としっかり視線を合わせ返事をした。

私は自ら望んで彼との縁を絶つ。

「離縁成立いたしました。もうあなたは伯爵の妻ではありません。縁は切れたのです」

「ありがとうございます」

水晶から手を離し、私は司祭様に深く頭を下げる。

「この先の幸せをお祈りいたします。マルガレーテ様はいつもあなたを見守っておいでですよ」

「はい。ありがとうございます。お手数をおかけしました」

私は返事をするが、内心では司祭様の言葉は嘘だと思っていた。もし愛を司るマルガレーテ様が本当に見守っていたのなら、こんな結末にはならなかったはず。

出ていく司祭様の背中を、涙で視界が歪んだまま見送った。ロージーも馬車を呼ぶために部屋をあとにする。

「さあ、屋敷に帰ってうまい物でも食べよう。フェデリカの好物をたくさん用意してある」

「お兄様、来てくれてありがとう」

くだけた言葉遣いは私を慰めようとしているのだろう。

お兄様は、たまにこういう変な気の遣い方をする。幼いころから、私が何かに失敗して落ちこむたび、おいしいお菓子と蜂蜜たっぷりの甘いお茶を用意して慰めてくれていたことを思い出す。

『ほら大口を開けて食べろ。知ってるか？　甘いもんは心に効く薬なんだぞ』

領主の息子にもかかわらず、お兄様は領民の子どもたちと一緒に遊ぶことが多く、仲がよかったからなのだろう。時々、平民の子どもたちのように言葉遣いが荒っぽくなり、お父様に注意されていた。

優秀なお兄様は褒められることが多く、平凡な私は少し劣等感を抱いていた。だから言葉遣いが悪いと注意される姿を見て、お兄様にも悪いところはあるのだと安心していた。

だけどお兄様がそんな言葉を使うのは、私が落ちこんでいるときだけだといつのころからか気がついた。わざと乱暴な言葉遣いで私を慰め、お父様たちから妹に優しくするのは良いことだが言葉がよくないと注意されるのだ。

「領地の屋敷にしばらく置いてくれる？」

わざと子どものように話すのは自分の心を守るためだ。大人でいることすら今の私にはつらくて、子どものころのようにお兄様に慰められたかった。

「いいに決まっているだろう、あそこはお前の家だ」

「うん。お兄様が結婚する前には出ていくようにするから。平民になって薬師、錬金術師として生きていくわ。幸い、領地には仕事がたくさんあるもの」

上位貴族と自ら離縁して、次があるなんて楽観的に考えてはいない。

この国は貴族どころか平民でも離縁した女性に厳しい目を向ける。

私の場合、結婚して一年で白い結婚による離縁。しかも妻からの申請だ。そんな女を娶りたいと思う貴族なんて、まともな考え方を持っているとは思えない。普通なら、出戻りとなった娘は修道院か、老人の後添《のちぞ》い程度しか行き先はないだろう。

「お前は大事な妹で、大事な家族だ。出ていく必要なんてないし、平民になる必要はもっとない。力になれなかった兄を頼る気にはならないかもしれないが、出ていくなんて言うな」

私がミケーレ伯爵家での扱いを初めて話したとき、お兄様は王宮に乗り込もうとしてくれた。そんな優しいお兄様の愛情を疑っているわけではない。おそらく両親も優しく受け入れてくれて、ずっと屋敷に置いてくれるだろう。

「お兄様はそう思っても、私だったら出戻り小姑がいる家なんて嫁ぎたくないわ」

視界が歪んでいても、軽口を言う気力は残っている。情けない気持ちを隠して話す私に、お兄様は追い打ちをかける。

「フェデリカが思っていたより元気そうで安心したよ。それにしても、何が悪かったのかなあ」

「お兄様、もう少し配慮した発言をお願いします。妹はこれでも傷ついていています」

私を不憫に思っての発言だとわかるが、お兄様があまりに素直な気持ちを言うので、つい笑ってしまう。今だけはひとりの令嬢ではなく、兄に甘える妹でもいいだろうと自分を許す。

「慰謝料は請求していいんだよな」

「請求するおつもりですか？　でも――」

「ミケーレ伯爵家に金がないのは知っている。だが、慰謝料すらもらわずに離縁したとほかの家に知られたら、お前に非があったと言われるぞ」

私の言葉を遮ってお兄様が言う。

人がよすぎると言われるかもしれないけれど、私は慰謝料を請求するつもりはなかった。

白い結婚による離縁なのだから、申請されたブルーノ様の有責として、慰謝料を請求できるのはわかっている。けれど、ミケーレ伯爵家に慰謝料を払う力はないのが現実だ。

と言うのも、大きな土地を持つミケーレ伯爵領は農業が特に盛んだった。しかし、肥沃な農土が水害で流されてしまい、その後も天候不良による不作が続いてしまったのだ。そのため、領民からの税収は減り、どうにもならないくらいに困窮していると聞いている。

「慰謝料は無理でも、最低限、持参金は返してもらわないといけない。離縁の準備で少し調べたが、ミケーレ伯爵家はお前の持参金を使いこんでいるぞ」

「え……？」

持参金の使いこみはまったく知らない。

お父様が格下の家から嫁ぐ私が肩身の狭い思いをしないようにと、王都のミケーレ伯爵家の使用人たちの給金や生活費などは、トニエ子爵家から出していたのだ。その上、子爵令嬢としては多すぎるほどの持参金を用意してくれていた。すべては私のため、それだというのに……

「まったくあの家はお前から搾取するだけじゃ足りなかったらしいな」

「搾取なんて」

ブルーノ様との間にあったのは愛だと信じたいが、違ったのだろうか。そうだとはどうしても認めたくなくて、つい言い返してしまう。

「嫁いでからずっと薬の売り上げを渡していただろう」

「……だってお義父様がそう望まれたから」

お兄様が言うように、私は作った薬の売り上げの半分をお義父様に渡していた。領地の厳しい経営状況を聞いて、稼ぎを渡すのは嫌だとはとても言えなかったのだ。

お兄様はため息をつくと、口を開く。

「伯爵夫人として扱わず客間に住まわせておきながら、お前が稼いだ金は当然とばかりに受け取り、そのうえ持参金まで使うとは呆れた話だな。持参金は嫁ぎ先に預けはしても妻の財産だぞ」

あの家の経済状態を考えたら、返してもらうのは難しいだろう。

使用人たちに認められていなくても、私はあの家の人間で、領主の妻として領民の生活を守る義務があった。だから持参金がせめて、お義父様たちの贅沢のためではなく、領民のために使われていたことを願うしかない。

離縁が成立して無事に縁が切れた、と喜んでばかりはいられない現実に私はうなだれる。しかし。

「白い結婚による離縁は無事受理されたのですから、もう帰りましょう。お兄様」

すぐに顔を上げて、お兄様を見た。

「そうだな」

……大丈夫よ、と心の中で私は自分に言い聞かせる。

これからセバスに離縁の話をするつもりだ。持参金の使いこみを知った衝撃はあっても、意地でも笑顔で、旦那様に離縁の報告をするように告げよう。離縁で泣いている顔なんてブルーノ様の使用人に死んでも見せはしない。

「奥様、ずいぶん長くかかりましたね」

セバスは神殿から出てきた私たちに苛立った様子で声をかけてくる。いつもより長く待ったことに怒りを感じているのか、それを隠そうともしない。

昨日までの私なら、そんな態度に萎縮して何も言えなかった。けれど、今の私はセバスの態度は使用人としていいものではないと呆れるだけだ。

「セバスさんだったかな。妹はもう奥様ではないから、その呼び方は改めてもらえるとうれしいね」

セバスの様子から、私が彼に何も話していないと察したお兄様が、少しだけ意地悪く言う。

「奥様ではないといいますと？」

「先ほど白い結婚による離縁が成立した。これから妹は私と子爵家の屋敷に戻るよ」

お兄様の発言を聞いてセバスの顔は真っ青になる。私が寄付のために神殿に来たと思っていたのだから驚いて当然だ。

「離縁なんて、そんな馬鹿な……」

動揺する彼の顔を見て私は驚く。離縁の手続きをするとセバスに事前に教えていたら邪魔されるかもしれないと考えて黙っていたけれど、こんなに彼が動揺するとは思ってもいなかったのだ。普段の私であれば申し訳なさを覚えるだろうが、彼には今まで散々ひどい態度を取られてきたのだから、こんなささやかな仕返しくらい許されてもいいはずだろう。

そう考えていると、セバスが私に掴みかからんばかりに詰め寄ってくる。

「奥様、旦那様はご存じなのですか。私は何も聞いておりません！」

「あなたには何も言っていませんが、旦那様はご存じのはずです。手紙を読んでいればですけれど」

セバスの大声に数人の神官が出てきて、私たちの様子を少し遠くから窺っている。嫁ぎ先の使用人に怒鳴られる女など、他人にはいい噂の種になるだろう。いっそのこと私が使用人に虐げられていたという噂にでもなればいいと、少し自暴自棄になってしまう。

「昨日、結婚してちょうど一年でした。私は旦那様に、何も連絡をくれないのなら、待つのをやめて離縁の手続きをすると手紙に書きました。結果は、あなたも知っているわね」

セバスの顔はどんどん青くなり、そして赤く変わる。

「奥様、なぜそんな勝手な真似をなさるので――」

「私は何度も何度も手紙を書いたわ。彼はたった一行の手紙すら返さなかったけれど、私はずっと返事を待っていたの。婚約時は月に二回はお顔を見られたし、手紙だって何度もくださった。それが結婚した途端、一度も旦那様は帰ってこず、伝言すらなかった」

私はセバスの言葉を遮り、彼がよく理解しているであろうことを改めて伝える。

「それでもせめて私に相談くらいは！」

「相談、なぜあなたに？　仮に相談したとして何か変わったかしら。どうせあなたは仕方ないで話を終わらせようとするでしょう」

見当違いなことを言うセバスに対して私は冷静に告げる。

「なんだと！」

すると、彼は怒りに任せて声高に言いながら私の胸元に手を伸ばして……お兄様に止められた。

お兄様に腕を掴まれたまま彼は、わなわなと肩を震わせる。

「旦那様は仕事が忙しいのです。それを理解されず、恥知らずな真似を」

「恥知らず？　それは結婚した途端、顔を見せなくなった彼のほうだわ」

屋敷に帰ってこない彼についていて聞いても「お仕事がお忙しいのです。あなたはまだミケーレ家の客人でしかないのですから、私を煩わせないでください」と取り合わず、使用人たちからの仕打ちを話しても何もしてくれなかった。そんなセバスに恥知らずと言われ、怒りが抑えられない。これまでの鬱憤を一気に吐き出す。

「そんなに仕事が忙しいなら結婚なんてしなければよかったのよ。私が大人しくお金を出してさえいれば、彼はそれで満足だったのでしょう。私の承諾なしに持参金を使いこむほど、私を軽んじていたようですからね。私だけでなく家までも馬鹿にしているわ！」

普段セバスに言われるまま大人しくしていた私が急に言い返したのだから、彼の驚きは当然かもしれない。昨日までの私なら、こんなふうにセバスに反論するなんて考えもしなかった。振り返れば昨日までの私は『自分は弱くて何もできない』と、そう思いこんでいたのだ。

私の本気の怒りを察したらしい彼は、急にオロオロしはじめる。

「奥様、落ち着いてください。人目があります。どうか一度屋敷に戻って」

セバスは離れた場所でこちらの様子を窺う神官たちにようやく気づいたのだろう。彼らの口から貴族に私の離縁は広まるだろうが、そんなのは覚悟の上。私は話し続ける。

「奥様なんて、心にもないことを言わないで。あなたは一度だって私をそんなふうに扱わなかったじゃない。私は兄と一緒にトニエ子爵家に帰ります」

「行こうフェデリカ、ロージーが馬車を呼んでくれた」

セバスは私の覚悟を悟って力を失った。そんな彼を置きざりにして、トニエ子爵家の家紋が入った馬車にお兄様と一緒に向かう。

「奥様」

力なく私を呼ぶセバスの声を聞きながら、私は振り返らず歩き続ける。涙などどこかに消えて、すがすがしい気持ちだけが残っていた。

「さようなら。二度と会うことはないでしょう」

それだけを言い捨てて、私は馬車に乗り込んだ。

「お前、結構はっきり言うんだな」

「はしたなかったでしょうか」

「いいや、トニエ子爵家の女はそれくらい強いほうがいい」

お兄様はにやりと笑う。横を見ると、ロージーもうんうんと大きくうなずいている。

「ロージーまで頷いているわ」

「ロージーは俺の味方だからな」

「違います、ロージーは私の味方です！」

こんなふうに言い合えるのはなんて幸せなのだろう。私はお兄様との語らいの時間を持てることに、喜びを感じていたのだった。


お兄様とともに、王都のトニエ子爵家の屋敷に来た私は執事や侍女たちに出迎えられた。

『旦那様の許可もないのに出歩くなどはしたない』など言いがかりをつけられ、商業ギルド以外への個人の外出を使用人たちに止められていたため、この屋敷に来るのは一年ぶりだ。今思うと使用人に外出先を制限される理由はなかったが、そう言われて素直に従っていた。

お兄様とは商業ギルドの中でときどき会えても、ゆっくり会話する時間はあまり取れなかった。

まずはゆっくり休むようにとお兄様から言われた私は、ロージーと一緒に自分の部屋へ向かう。

『過ぎた贅沢は敵を生むだけ、過ぎた質素は侮られるだけ』という家訓があり、屋敷の中は子爵の家格に合った贅沢すぎず質素すぎない調度品で整えられている。そしてステラが丁寧に掃除してくれていた私の部屋以外、屋敷のどの場所も埃っぽかったミケーレ伯爵家とは違い、掃除もよく行き届いていた。

「ロージー、私のことはいいからあなたも休んでね」

「お嬢様のお湯浴みが済んだら、お言葉に甘えます。さあ、お嬢様はお部屋でおくつろぎくださいませ」

ロージーは屋敷に戻るなり呼び方を『お嬢様』に変える。ほかの使用人たちに合わせたのだとわかるが、出戻りでお嬢様と呼ばれるのは少し気恥ずかしく感じてしまう。ただ、そう呼ばれただけで結婚前に戻ったような気持ちがするのも事実だった。

「あなたも休んでいいのに、頑固ね。……では、お風呂だけお願い。私の好きな石鹸はあるかしら」

ロージーは私の世話がしたくてたまらないのか、言うことをきかない。しかし、この屋敷のお風呂は魅力的なので甘えることにした。

お風呂を使うたびロージーとステラに重労働をさせていたミケーレ伯爵家と違い、ここでは魔道具で簡単にお風呂の用意ができるため、気兼ねすることなく頼める。その幸せを、私はすっかり忘れていた。

「もちろんございます。疲れが取れるように薬湯にしましょう。お嬢様がお好きな花も浮かべましょうね。お湯浴みが済んだら、香油をたっぷり使って髪の手入れもいたしましょう」

そんな会話をしながら廊下を歩き、自分の部屋の前に着く。この扉も懐かしい。

扉を開くと、お気に入りだったソファーが見えた。

「まあ、綺麗な花」

壁際の飾り棚の上に飾られた花に気がついて、私は胸がいっぱいになってしまう。今まで花を部屋に飾ることすら贅沢だと、使用人に言われてできなかったのだ。

　ロージーが花の香を堪能している私に声をかける。

「お嬢様、すぐにお茶をご用意しますね」

　部屋に入ったばかりだというのにロージーが出ていこうとする。

　そのとき、メイドのスーがサービングカートを持って入ってきた。私の三歳下の彼女は、ロージーと一緒に結婚まで私付きメイドとして仕えてくれていた。成人前だったためにミケーレ伯爵家には連れていけなかったのだ。

「スー、あなた、玄関にいないと思ったら」

「お嬢様、お帰りなさいませ。焼き立てのお菓子を食べてほしくて、厨房にこもっておりました」

　カートにはクッキーのほかに小さなケーキと、果物をたっぷり使ったタルトがのっている。さらに湯気が立つ紅茶からはいい香りが漂っていて、私はただそれだけで泣きそうになる。

　しかしお茶を用意していたスーが先に泣いていて、つい笑ってしまった。

「ロージー、この子ったらもう泣いているわ。泣き虫ね」

「本当ですね、お嬢様」

「申し訳ございません。お嬢様、お帰りなさいませ。またお仕えできてうれしいです」

　お帰りなさいを繰り返すスーに、私は思わず抱きついた。

「ただいま、スー」

　私が帰った理由――白い結婚による離縁――を知っているのだろう。それは女の恥でしかない。

嫁ぐ日の朝、幸せになってくださいと言ってもらったのに、戻ってきてしまった私はだめな主人だ。

それでもスーや使用人たちは私を心配して、領地からわざわざ王都に出てきてくれた。

「お嬢様、またお仕えできて本当にうれしいです」

「それ先ほども聞いたわ。でも私もまた会えてうれしい。出戻りだけどよろしくね」

「本当にうれしいのですから、何度だって言います。それに出戻りなんてとんでもございません。私たちの大事なお嬢様です。今までは仕方なく貸していただけです！」

スンと鼻を鳴らしたスーは、ロージーに言葉が過ぎると叱られている。だが、「貸していただけ」という言葉は私の気持ちを少し楽にしてくれた。

「スー、夕食に私の好きな鶏の香草焼きを作ってもらえるようにお願いしてきてくれるかしら。甘く煮た人参と、茹でたお芋にバターと牛乳を入れて滑らかになるように裏ごしした物を添えてね」

「かしこまりました、すぐに伝えてきます。お嬢様のお好きな白パンや、兎肉のクリーム煮をたっぷり入れたパイもご用意していますよ。料理長が朝から張り切って仕こんでいました」

「うれしいわ。木の実のパンもおいしかったけれど、白パンには敵わないもの。熱々のパイも楽しみよ」

温かい食事を誰に気兼ねすることなく食べられる、想像するだけで心が浮き立つ。

「すぐに料理長に伝えて参りますね」

飛び出すように部屋を出ていったスーは、一目散に調理場に向かい料理長に私の希望を伝えてくれるだろう。私の好みを熟知している料理長は、おいしい夕食を提供してくれるはずだ。

「ロージー、ここは落ち着けるわ。何も警戒しなくていいのだもの」

「はい。お嬢様」

疲れが取れる薬湯に浸かり、好みの香油で髪の手入れをする。さらに、おいしい料理をお兄様と笑顔でいただく。

嫁ぐ前の当たり前だったことが再びできると思うと、幸せな気持ちでいっぱいになる。

「ああ、ロージー。私はもう誰にも遠慮をしなくていいのね。伯爵家に嫁いで私ができたのは金銭に関することだけだったわ」

私はあの屋敷で、使用人たちから悪意に押しつぶされないように自分を守るだけで精一杯だった。

ミケーレ家の役に立つことができれば、少しでも認められる気がして、寝る間を惜しんで薬を作り続けたのだ。けれど、結果は変わらなかった。

「悪意しかなかったあの屋敷でお嬢様はずっと気を張っておいででした。ですから……もういつもの、お嬢様でいてくださいませ。私の力が足りなくてお嬢様をお守りできず、申し訳ありませんでした」

「ロージー、あなたはよくやってくれたわ。あなたがいなかったら私は耐えきれなかった」

ロージーがずっとそばにいてくれたことで、どれだけ救われただろうか。

これからは私らしく前を向いていたいと強く思ったのだった。


数時間後。

ゆっくりと湯浴みをしたあと、ロージーに満足いくまで頭のてっぺんから爪先まで手入れをしてもらった私は薄桃色のドレスに着替えた。

お兄様とともに夕食をとるため、食堂に移動する。そこはおいしそうな匂いに満ちていて、テーブルの上には私の好きな料理が並んでいた。

新鮮な食材が使われているご馳走を食べながら、商業ギルドとお兄様の商談について話す。

「――まあ！　お兄様、それではギルド長がかわいそうです。少しは融通して差し上げて。今まで私にとてもよくしてくださっていたのだから、お礼したいの」

「そうだな、ほんの少しだけ配慮しようかな。納品数を少し増やすくらいならいいか」

「そうしてください。商業ギルド内でお兄様と密かに会えたのはギルド長のおかげなのですから」

薬の納品以外の外出が許されていなかった私に、ミケーレ伯爵家の使用人たちに気づかれずお兄様に会えるように配慮してくれたのが、商業ギルドの長《おさ》だったのだ。

エルフ族の彼は、もともと亡くなったおじい様の友人で、私の名付け親でもある。植物系の魔法を得意とするエルフは森の民とも呼ばれる種族で、人間とは異なる長く尖った耳と数百年の寿命を持つ。

私にとってギルド長は、頼りになるおじい様のような存在で、彼も私をまるで本当の孫のようにとても可愛がってくれていた。

だが、お兄様は彼が苦手なのだ。お兄様ははっきり理由を言わないけれど、ギルド長は私にだけ優しいらしい。

「恩はあるが、どうもあのうさんくさい笑顔がなあ」

お兄様は私好みに焼かれた鶏の香草焼きを口にしながら、まだぼやいている。私はそれに呆れながら、付け合わせの人参の優しい甘さを貴重なものだと感じていた。ミケーレ伯爵家では私の食事に新鮮な野菜が出ることはなかった。付け合わせの甘く煮た人参すらどれだけ望んでも食べられなかったのだ。

「どうした」

「懐かしい味に感動していたの。すごくおいしい」

「そうか、たくさん食べてやれ。使用人たちはフェデリカがいると張り切るからな」

私を甘やかすお兄様、おいしい料理に優しい使用人たち。この屋敷にいれば、私はのんびりと過ごせるだろう。

しかし、王都のこの屋敷に居続けたら、旦那様が私のところに来て悪かったと謝罪してくれるかもと、来るはずのない彼を待ち続けてしまう。

「お兄様、私は明日領地に向かいますね」

自分で離縁を決めたのに、そんな情けない日々を過ごすのは嫌だ。私は彼を忘れて生きると決めたのだから。

「もっとゆっくりしていけばいいのに」

「お父様とお母様に早く会いたいの。心配をかけてしまったでしょう?」

「そうか。じゃあ馬車を用意するよ。揺れの少ない最新の長距離用馬車、俺の自信作だ」

「ありがとう。お兄様」

お兄様が自信作と言うくらいだ。本当にすごい馬車に仕上がっているのだろう。それを使っていいと言うなんて、お兄様は私をどれだけ甘やかしてくれるのか。

「今日来てくださったこと、私一生忘れません」

「うん、恩を忘れずに。ずっと俺と仲よく生きていこう」

お人よしのお兄様はそう言って、私が出ていかなくていいと伝えてくれる。

「そんな甘い人は、またギルド長に無理難題を言われていますよ」

「問題ないさ。トニエ家の錬金術師も薬師もみな優秀な者ばかりだからな」

機嫌がいいのか、お兄様は葡萄酒《ぶどうしゅ》を飲みながら笑って言う。

まだ私には錬金術師と薬師としての実力はそこまでない。でも、出戻るからには役に立ちたい。

力をつけて、いつかお兄様にお前は優秀だと言わせてみせる。

「私、お兄様のために頑張りますね」

「ぜひそうしてくれ。一緒にギルド長に対抗しよう」

私の言葉を聞いて満足そうにお兄様は笑う。

そのとき、銀盆を持ったメイドが食堂に入ってきた。

「あら、どうしたの？」

「お食事中、失礼いたします。お嬢様にお手紙が届いているのですが……」

そう言いながら、メイドはなぜかお兄様のほうへ歩いていく。私宛の手紙なのにどうしてだろう。

「手紙？」

銀盆には一通の手紙がのっている。私は冷静を装いながらも、心の中では浅ましく期待していた。まさか旦那様だろうか。離縁を知った旦那様からの手紙だろうか。

彼への未練を捨てたと言いながら、期待してしまう自分に嫌気がさしてしまう。けれど、一度は永遠を誓った相手なのだから、すぐには嫌いになれないのかもしれない。

「どなたから……？」

「それがわからないのです。門番が子どもから受け取ったそうで」

「なんだって？　中は確認したのか」

お兄様が眉をひそめながら、メイドに問う。

「手紙を持ってきたのは、どこの家かもわからない子どもだったため、念のため執事長が中を確認しました。駄賃に金貨一枚をもらい、配達を引き受けたと言っていたそうです」

メイドの説明に、私の期待は儚く消えてしまった。手紙を配達させるためだけに、金貨一枚という大金を旦那様が支払うとは思えない。

旦那様のはずなんてない、と自分自身に心の中で言い聞かせる。それにもし旦那様からの手紙だとしたら、本当は連絡ができたのにしてこなかったというつらい現実を思い知るだけ。

それでも私はなぜ期待してしまうのだろう。

「危険なものではないのだな」

「はい、送り主がわからないだけです。ただ、執事長は困惑していました。お嬢様にお見せしていいのかと」

メイドが私ではなく、お兄様に手紙を渡そうとしている理由を悟る。

執事長は私に手紙を見せたくないのだろう、でも私宛だからお兄様に判断を託したのだ。

思わずお兄様と顔を見合わせたあと、もう一度手紙に視線を向ける。

とは言え、中を見ない限り謎は謎のままだ。

「俺が見ようか」

「いいえ。私が。こちらに持ってきてくれる？」

お兄様が手紙を受取ろうとするのを遮り、メイドに指示をする。彼女は戸惑ったようにお兄様に視線を向けた。

「いいよ。フェデリカだって自分で判断ができる年齢だ」

お兄様は心配そうにしつつもそう言ってくれる。

「ありがとうございます。お兄様」

ドキドキしながら、私はその手紙を手に取った。

「ずいぶん高級な紙ね。でも、家紋も何もない」

子爵令嬢に宛てて出すには上質すぎるものであると、すぐにわかる封筒に家紋も模様もないのは違和感を覚える。早速、便箋を開くと、フワッと甘い香りがした。

「香水？」

花のような甘い香りがする。トニエ子爵家は仕事柄、香料や香水などに詳しいけれど、それは嗅いだことのないものだった。

不相応な縁にしがみつかずに自ら退いたことは素晴らしい決断です。離縁おめでとう。

手紙には美しい筆跡でそれだけが書かれていた。

こんなひどい手紙、おめでとうなんてそんなこと……

誰が送ってきたのだろう。手続きをしてくれた神殿とミケーレ伯爵家、トニエ子爵家以外に私の離縁を知るはずがない。ミケーレ伯爵家の使用人の可能性が高いと思ったけれど、嫌がらせをするために、こんな上質な便箋に書いたり高級な香水を拭きつけたりしないだろう。

別の誰かだとすると、いったいどうやってこのことを知ったのか。いずれ噂になるとは思っていたが、あまりにも早すぎる。

誰かが私と旦那様の離縁を喜んでいるなんて、この手紙を読むまで考えもしなかった。それが誰なのかわからないし、知りたくもない。

「なんて書いてあった？」

一読したあと手紙を折りたたみ、メイドからお兄様へ渡してもらう。

「なんだ、これは」

「……お兄様」

読み終えたお兄様は声を荒らげ、手紙をぐしゃりと握り潰す。

激怒しているお兄様に声をかけると、お兄様は無理矢理に作り笑顔を見せ、葡萄酒《ぶどうしゅ》を乱暴に自分のグラスに注いだ。

「大丈夫だ。フェデリカは何も気にする必要はない」

優しいお兄様はそう言って葡萄酒《ぶどうしゅ》を飲み干し、また笑う。けれど私は手紙の衝撃からとても笑い返すことはできなかった。

「お兄様。できるなら私は今後王都に来ることなく、日々を過ごしたいと思います」

誰かはわからないけれど、私の離縁を喜ぶ人がいる王都にもういたくない。早く領地に戻ってすべてを忘れて過ごしたい。悔しさと悲しさと情けなさが混ざり、不安に押し潰されそうになりながら言葉を絞り出した。

「ああ、それがいい。お前には領地が合っていると思うよ」

「はい」

「お前も飲もう。明日からは楽しいことしかない暮らしが待っている」

「……はい」

笑うお兄様にぎこちなく私も笑い返して、葡萄酒《ぶどうしゅ》を一気に飲み干した。

葡萄酒《ぶどうしゅ》をたくさん飲んだら忘れられるだろうか。あの人のこともつらかった暮らしも手紙のことも全部、記憶から消えて幸せになれるだろうか。

……女神マルガレーテ様、私はあなたの教えを守る者だというのに、どうしてこんなつらい仕打ちをするの。愛する人と幸せになりたい、ただそれを望んだだけだったのに。

テーブルの上に放置されたままの手紙を見つめる私は、心の奥に重い何かを宿してしまったようだ。

「明日の準備がありますので、そろそろ部屋に戻りますね」

「ああ、ゆっくりおやすみ」

「はい、おやすみなさい」

力なく立ち上がり、ロージーとともに食堂を出る。手紙の衝撃が強すぎて、せっかくの料理人力作の味もどこかに行ってしまった。

泣きたい気持ちを我慢して長い廊下を歩く。そして部屋の前に辿り着いた瞬間。

「ねえ、ロージー。私の選択は正しかったのよね」

涙が一粒、ポロリと零れ落ちるのもかまわずに、限界が来てしまった私はロージーに尋ねた。

「ええ、お嬢様」

「私は自分で離縁を選んだのよ。あの屋敷で、妻と認められず使用人たちの悪意に耐えながら生きるのは嫌だった。だからこそ、自分で進む道を決めたの。その選択は間違っていないわよね」

「はい、お嬢様」

私の涙に一瞬動揺した表情を見せたロージーは、そっと私の手を取って部屋の中に入るとソファーに座らせてくれる。そして、私の手に自分の両手を添えたままひざまずく。

「お嬢様の選択は間違っていません。私はそう信じています」

私を肯定してくれるロージー。それでも私の涙は止まらなかった。

「私の選択は間違っていない。でもね、私は幸せになりたかったわ。彼と幸せになれると信じていたのに、何が悪かったのかしらね……」

ポロリポロリと涙がドレスに落ちて、小さな染みを作っていく。

——離縁おめでとう。

その言葉が頭の中から消えない。結婚という制度において、私は完全なる敗者である。

「おめでとうって、どうして……。私が離縁したことを誰が喜んでいるの？　誰があんな手紙を書いたの？」

私の最高の幸せは結婚したあの日までだったと、繰り返し思わずにはいられない。

結婚してほしい、と花束を持ち私の前にひざまずいた彼の姿はいつだって鮮明に思い出せる。私を好きだと言ってくれたあの人の笑顔は嘘だったのだろうか。

結婚の誓いをしたあと、初夜すら過ごさずに屋敷に寄りつかなくなった旦那様。

私はなぜ彼が帰ってこないのかと悩み苦しみながら、待ち続けた。帰ってこられない理由があるのか、私が何か旦那様を怒らせてしまったから帰ってこないのか……

ひとりで考えても答えは出るわけはないというのに、それでも私は考え続けたのだ。

「旦那様が屋敷に戻らなかった理由があの手紙の差出人なの？　旦那様は、屋敷に帰らずあの手紙の人と一緒だったの？　愛されていると信じていたけれど、そうじゃなかったの？」

涙は次から次へと零れていく。心の奥底に燻っていた思いを告げながら私は泣き続けた。

「なぜ旦那様は私に求婚したの。私の一年は何だったのかしら」

味方のいないミケーレ伯爵家で、自分の誇りを保つだけで精いっぱいだった。

旦那様を待ち続けた一年は無駄だったのだろうか。彼の役に立ちたいと、少しでもミケーレ伯爵家の力になりたいと頑張ってきた私の努力は無駄だったのか。

「お嬢様は十分努力しておいででした。お嬢様が作られたお薬は病気の方にとって必要なものでしたし、それを売って得られたお金はミケーレ伯爵領を潤すために使われたと思います」

「……そうよね。私が過ごした一年は無駄ではなかったわ。少なくとも領民のためになったはずよ」

義両親は贅沢をしたくて私にお金を要求したわけではなく、水害や不作で困窮する領地をなんとかしたかったのだ。だから、少しでもいいからと私に求めただけだとわかっている。

「私、幸せになりたかった。望んだのはそれだけだったのに。……結局はお金だったのかしらね、私はそのために旦那様に望まれたのかもしれないわ」

そう考えるなら、結婚したあと私の顔を見る必要などなかったのだと理解できる。

屋敷に形だけの妻として私を置いて、薬の売り上げを義両親に納めさせる。持参金も密かに使えば、私にはわからない。

彼にとって計算違いはこの離縁だけ。貴族令嬢にとって婚約破棄も離縁も恥ずべきことだから、もし離縁したいと思っても実際に行動は起こせないだろう、そう考えていたのかもしれない。

「お嬢様、そんなふうに言わないでください！　お金のためだったなんて、そんな悲しいことは考えないでください！」

目に涙を浮かべたロージーは私をまっすぐに見つめて言う。その顔は今までに見たことがないほど真剣だった。

「……悲しい。……そうね、こんな考え方は惨めになるだけね」

彼が何を思って私に求婚したのか、彼がなぜ帰ってこなかったのか、その理由がわかる日は来ないだろう。彼の思惑など永遠に知る由もない。私がいくら考えても答えは出ないのだ。

それは考えても仕方ない過去のことに悩んで、わざわざ自分自身を不幸な境遇においているようなもの。

――自分で自分を幸せにするためにあの屋敷を出たのに悔やむなんて愚かだ。考えるのはもうやめよう。手紙のことももう忘れよう。

乱暴にぐいと手の甲で涙を拭い、もうこれ以上泣かないように瞼を閉じて顔を上に向けた。

貴族令嬢らしからぬ行いをする自分がおかしくて、でも笑う気力は出て来なかった。

「ロージー。泣いたら喉が渇いてしまったわ。お茶を淹れてくれる？」

「……はい、お嬢様。すぐにご用意できますわ」

急に話を変えた私にロージーは返事をして、すぐにお茶の用意を始めた。目を閉じていても彼女が動く気配を感じる。

「こんなに泣くなんて、子どもみたいね」

そうつぶやく。そして、すうっと息を吸いこむと、部屋に飾られた花の香りと紅茶の香りがした。

ここはミケーレ伯爵家の屋敷ではないのだと改めて実感する。使用人の目を気にして、息をひそめて暮らしていたあの部屋ではない。

あの屋敷では花も紅茶の香りもしなかった。

でも、それはもう過去だ。誰に行動を制限されることなく、私はどこにだって行ける。もう自由なのだ。

「私って馬鹿ね」

瞼を開くと、心配そうな顔をしたロージーが私を見つめていた。

「お嬢様、お茶を淹れました。お嬢様のお好きな蜂蜜と牛乳を入れた甘い紅茶です」

テーブルにのせられた白い茶器は、嫁ぐ前の私のお気に入りだったもの。

「いい香り」

温かい紅茶を飲むことすらできなかった生活はもう終わり。部屋にいつも綺麗な花を飾って、おいしいお茶を好きなときに飲んで、誰に気兼ねすることなく家族と笑い合って暮らす。

「ロージー。領地に帰りましょう。帰ってお父様とお母様に甘えて、のんびり暮らすのよ」

「はい、お嬢様」

彼のために悔やむのも悩むのも泣くのも、今日でおしまい。私をよく思わないミケーレ伯爵家の使用人たちや、私にお金だけを望む義両親に気を遣う必要もない。ミケーレ伯爵家が治める領地の民には申し訳ないと思うけれど、私にだって限界がある。

自分で自分の行き先を決めたのだから、と言い聞かせながら、また零れてきた涙を乱暴に拭って無理矢理笑みを浮かべる。

――私はもう彼を忘れる。

「私、彼に復讐する。そう決めたわ」

「復讐……ですか」

「私は領地に戻って旦那様を忘れて幸せになるの」

香り高い紅茶を飲んで、私はロージーに笑いかける。

旦那様と過ごして得るはずだった幸福な時間を、私はミケーレ伯爵夫人ではなくトニエ子爵令嬢として掴む。私はもうフェデリカ・ミケーレではなくフェデリカ・トニエに戻ったのだから。出戻りの寂しい令嬢ではなく、実家に戻り幸せになった令嬢としてこれから生きていこう。私を虐げてきた人たちを捨て、自分のために生きる。

「考えても答えが出ないことを考え続けても仕方ないわ。もうどうでもいい過去のことよ。私はもう、自分で自分を幸せにすると決めたの」

「お嬢様は理不尽に耐えて、伯爵夫人として領民のために尽くしてこられました。寝る間を惜しんで民のために働いておいででした。ですから、もう十分です」

「ロージー、ありがとう」

旦那様、私はもうあなたを必要としない。これからは出戻り子爵令嬢として幸せになる。

私は自分で自分を幸せにできる。私の幸せにあなたはいらない。

「私は私のために幸せに生きるの」

これが私の復讐なのだ。

◇　◇　◇

奥様が乗った馬車が去っていくのを私、セバスは呆然と見送るしかなかった。神殿から屋敷に戻る馬車の中、頭に浮かぶのは後悔の文字だけ。

「私はなんて馬鹿なことを」

今からちょうど一年前、成人してたった一年というフェデリカ・トニエ様と旦那様は結婚した。王都に暮らす令嬢たちのように派手な化粧をしていないからか、彼女は年齢よりも少し幼く見えた。そんなフェデリカ様は実家から連れてきた使用人以外味方がいないミケーレの屋敷で、旦那様に一度も会えぬまま一年という孤独な日々を過ごしたのだ。

結婚したあの日、旦那様は王太子殿下の使者に呼ばれ、王宮に向かった。奥様は帰ってこない旦那様をひと晩寝ずに待ち続けていた。けれど。

『まだあなたはこの家の女主人ではありません。ですので、女主人の部屋に住むことは許されません』

寝不足の顔をした奥様に、私は非情な現実をお伝えしなければならなかった。

ミケーレ伯爵家では初夜を過ごすことを夫婦の絆だと重要視しているため、これがなければ妻と認められず、家政を取り仕切る権利はないとされているのだ。

『旦那様は王太子殿下に呼ばれて王宮に行かれたのでしょう？　大事なお勤めですもの。仕方ないわ』

『初夜は大切です。どうぞご理解ください』

『ええ、私も下級とはいえ貴族の出ですもの。理解しています』

そう言って微笑んだ奥様にひとまずお休みいただくように伝えたあと、私はすぐに王宮へ向かった。

そこで旦那様から『理由があって屋敷に戻れないが、フェデリカによく仕えるように』と指示された。

そして、白い結婚のままであることは大旦那様と大奥様に知られないようにとも。

格下の、しかも田舎の子爵家の出身である奥様との結婚を、おふたりは本心からは賛成していなかった。そのおふたりに白い結婚を知られては、奥様が肩身の狭い思いをしてしまうだろうという、旦那様の配慮だと私は理解した。

だからこそ、奥様にも『あなたの不名誉になるのですから、白い結婚のことは大旦那様たちには秘密にしてください』とお願いしたのだった。

彼女はそれからずっと客人として、ミケーレの屋敷に居続けることになった。

家族に大切に守られて育った彼女が過ごすにはつらい日々だっただろう。それを私は理解しているつもりだったけれど、実際は何も理解していないままお仕えして、ずっと傷つけていたのだ。

だから、こんな結果になってしまった。

「……奥様が自ら離縁を望むとは思ってもいなかった。旦那様になんと言えばいいのだ」

馬車の中で私はつぶやく。

「これは私の罪だ。旦那様に」

神殿に向かう途中で聞いたロージーの話を思い出し、私は後悔の念に駆られる。彼女に指摘された通り、私は何も把握していなかった。

私はミケーレ家の執事として誠心誠意接していたつもりだったが、今振り返るとひどい態度を取り乱暴な言葉を使っていた。でも、それでよいとなぜか思いこんでいたのだ。

奥様を不幸な状況に追いつめてしまったのは、間違いなく私自身である。

そう考えていたとき、馬車が屋敷に到着した。奥様が使っていた客間へ急ぐ私を見て、何かを察したのか、侍女頭があとをついてきた。しかしそれを気にする余裕もなく、そのまま客間の扉を開く。

「ステラ何をしている⁉」

「……セバス様」

床にうずくまり泣いているステラが視界に飛びこんできた。

「奥様のお部屋をお掃除しようと、そしたら机の上に私宛の手紙があって」

ステラが大切な宝物のように抱きしめていたものは、奥様からの手紙だった。

「お前宛の手紙だと？　お前は文字が読めないだろう。そもそも、なぜお前が奥様の部屋の掃除をしている？」

私は眉をひそめた。

ステラは奥様が嫁いでくるにあたって、雇用した下女のひとりである。

農民の娘だった彼女は学も特技もなく、手洗い場の掃除や雑用、厨房の手伝いなど下働きをするために雇った。貴族の屋敷で使い捨てされる下級使用人でしかない彼女と、奥様に接点はないはずだ。

「私は雇われてすぐのころから、奥様のお部屋にお風呂のお湯を運んでいましたので、それがきっかけです」

「風呂の湯を運ぶのは下男の仕事だろう、なぜお前が？」

「最初は仕事を押しつけられただけです。そのころ使用人たちはみな、奥様のお風呂はお湯ではなく冷たい水を入れ、粗悪な石鹸しか置かない状況でした。……でも、奥様が私の掃除が丁寧で、綺麗にしてくれてうれしいって喜んでくださるから、私がやるって言ったんです」

ステラの言葉を聞きながら、私はまた後悔の念に襲われていく。女性使用人の管理は侍女頭の仕事とはいえ、この屋敷内で起きていたことをあまりにも知らなかった。

「文字すら読めない下女のくせに、生意気な」

侍女頭が吐き捨てるようにそう言っても、ステラは怯えもせず、それどころか言い返す。

「はい。私は雇っていただいた当初、文字も読めず計算もできませんでした。せめて自分の名前だけでも書けるようになりたいと奥様に申し上げたら、勉強したいなら今からでも遅くないと言ってくれて……。私に文字の読み方と計算の仕方を教えてくださったのです」

「奥様がお前に？」

それは衝撃としか言いようがない。

下女、下級使用人は、田舎の村の出で農地を継げない次男三男、もしくは女子がほとんどだ。彼らの大半は学がないため、文字は読めず最低限の礼儀もない。仕事を教えれば一生懸命勤めてくれるが、口頭で指示したことしかできないのが難点なのだ。

「奥様は、私が部屋の掃除をするたびに文字を教えてくださいました。さらに、掃除時間以外は奥様のお部屋にいられないと知ると、余暇に勉強できるようにと、小さな紙の束で教材を作ってくださいました」

ボロボロと泣きながら話し続けるステラに、私は呆然とするしかなかった。

「奥様は本当に離縁されてしまったのですか？　どうしてですか……？　寝る間も惜しんで薬を作っていたのに。それでも役立たずなんですか!?」

『役立たず』と誰か奥様に言ったのだろうか。そもそも彼女がそこまで働いているなんて、私は知らなかった。

「寝る間も惜しんで薬を作っていたのか？」

「はい。少しでも伯爵家の領地のためにお金を稼ぎたいとおっしゃっていました。そして、薬の売り上げを大旦那様へお渡しになっていたのです。使用人の奥様への仕打ちを知っていたので、どうしてそんなに尽くされるのかと申し上げたのですが……」

「お前はみんなの仕打ちを知っていたのだな」

私は何も知らなかったというのに。いや、違う。何も見ないでいるほうが楽だったから、奥様に気を配ることをしなかったと心の中で自責する。

「知っていました。侍女頭様が奥様の食事は腐りかけの食材でもいいとおっしゃって、カビが生えそうなパンと野菜くずのスープだけで――」

「カビの生えそうなパンだと！」

それではロージーが話していた物よりもひどい食事だ。いくら困窮している家だとしても、カビが生えそうなパンに野菜くずのスープなど私は見たこともない。

「料理人が作った食事を途中ですり替えて、奥様の部屋の前の床に放置するんです。……私たち下女は侍女頭様の命令に背けません。ですが、あんなに親切にしてくださる奥様にそんな物をお出しするのが嫌で、私が当番のときは私の食事を奥様にお渡ししていました」

「なんてことだ。奥様は旦那様が望んで結婚した大切な人だったというのに」

困窮しているミケーレ伯爵家は下級使用人の食事にまで金をかける余裕はなく、硬いパンと安いスジ肉にくず野菜などを使った食事を与えていた。なのに、それを出すほうがマシだと思うものを奥様に出していたと言うのだろうか。

私は後ろに立つ侍女頭を見る。青ざめたその顔は、いつもの自信たっぷりの表情ではない。

「……そんな。私は、そこまでの指示は！」

「侍女頭様のご指示だったと聞いています。私は下女長様にせめてお食事だけでも、カビの生えていない物、腐っていない物をと何度もお願いしました。しかし、奥様のお食事は侍女頭様が管理されているからできないと断られました」

「お黙りステラ。お前、そんな嘘を言ってどうなるかわかっているのだろうね！」

泣きながら話すステラに対して、侍女頭は強い口調で言い放つ。

この屋敷に勤めている女性はすべて侍女頭が管理していて、与えられる罰も褒美も彼女の気持ちひとつである。

つまり、ステラはこれからの日々、侍女頭に睨まれるのを覚悟で告発したのだ。

「お前はなんということをしてくれたのだ……。私たちの給金が誰から出ているのか知っていて、こんな恥知らずな行いをしていたのか!?」

「どういうことですか」

侍女頭に言いながらも、私は自分自身を責める。こんな仕打ちをする家に居続けたいわけがなく、離縁を望んで当然だというのに、奥様になんということを言ってしまったのだろう。

恥知らずなのは私のほうだ。

「お前はミケーレ家が、トニエ子爵家にどれだけの支援を受けていたのかも知らないのか！　旦那様の俸禄では領地の赤字を埋められず、この屋敷の維持費もみなの給金、食事代などもすべて奥様のご実家がまかなってくださっていた」

「そんな、まさか！」

侍女頭は驚いて目を見開く。

奥様のお父様は、ミケーレ領の復旧のため多額の支援金を贈ってくれた。それだけでなく、『格下の家の娘が結婚後に肩身の狭い思いをしないように、今後ミケーレ伯爵家の使用人の給金や生活にかかる費用はこちらでご用意いたします。どうぞ娘をお願いいたします』とまで言って、頭を下げてくれたのだ。

奥様にしてきたひどい態度を思い出せば、侍女頭を責める権利など私にはないというのに、こらえようのない怒りが溢れてきて止められない。

「大旦那様から旦那様へ当主交代の祝いの晩餐会においても、費用をミケーレ伯爵家では捻出できず、奥様のご実家が用意してくださったのだ。その恩を仇で返すような真似をするなんて」

「そんな、そんな」

侍女頭は青い顔でうろたえるが、私の怒りはおさまらない。

本来、嫁ぎ先の家が準備しなければならない結婚式の費用や屋敷の修繕費用までもトニエ子爵家に頼っていた。

この国の貴族は、当主交代の祝いや結婚式で豪華な飾りつけをし、贅沢な料理を振る舞う。それができない家は、まともな祝いすらできない貧乏な家だと笑われることになる。ミケーレ家がそうならずに済んだのは、奥様の実家トニエ家のおかげだった。

「……待ってください。奥様を迎えるために、旦那様は無理をされたのではなかったのですか？それに、あの女は子爵令嬢だというのに贅沢が好きなのでは……。嫁いできたせいで、伯爵家がさらに困窮したのだとばかり」

侍女頭は青い顔で私とステラを交互に見ながら、見苦しい言い訳を繰り返す。

奥様が、贅沢好きだなんてとんでもない。贅沢どころか、彼女がこの家に嫁いできてから伯爵家の金で、ドレスを一枚も購入したことはなかった。それを侍女頭が知らないわけがないだろう。

「そんな誤解で奥様を虐げていたのか。お前は奥様が嫁いでくる前から、この家の困窮を理解していたはずだろう。なぜそんな自分に都合のいい勘違いをした？」

私が言える立場ではないとわかってはいる。しかし、腹が立って仕方がなかった。侍女頭の勝手な思いこみで、なんの罪もない奥様を虐げ続けたのだから。

「ミケーレ伯爵家の人間は奥様にも奥様のご実家にも足を向けて眠れない。それほどの恩を受けていたというのに……」

「申し訳ありません。私は勘違いを。困窮の原因である奥様に嫌がらせをして追い出せば……、ミケーレ伯爵家のためになると思っていたのです。本当に申し訳ありませんでした」

「すべて旦那様へ報告する。お前はなんの権利があって奥様を虐げた？　お前はどんな指示を出して奥様を、大恩あるお方を虐げた⁉」

「……ではなぜ旦那様は奥様との初夜を過ごさず、一度も屋敷にお戻りにならないのでしょう？　私たちは、旦那様が奥様のお顔を見るのも嫌だからだと考えています。この結婚は奥様が無理強いしたもので、旦那様は断れなかったのではないか、と言い出す者もいました」

なぜ旦那様が屋敷に戻らないのか、それは私も疑問に思っていたことだった。『仕事だ』、『理由があるのだ』と言われても、この屋敷は王宮近くにあるのだからそれは言い訳でしかないと、私ですら心の中では思っている。しかし。

「旦那様から奥様を大切にするよう命令されたと、私はお前に言った。どうしても王宮から戻れないから、旦那様の代わりに奥様を大切にするようにと」

「私たちは、旦那様は心にもないことをおっしゃっていると誤解していたのです」

それは誤解だった。だが、侍女頭だけを責められない。私は旦那様が一年も帰らないとは思わずに、ただ旦那様が不在の間、奥様が不自由ない生活を送れるようにしなさいと命令しただけだったのだから。

結果、私たちは奥様を大切にしなかったという事実だけが残った。

旦那様からのご指示を無視して、つらく悲しい一年を過ごさせてしまったのだ。後悔しても、愚かだったとどれだけ悔やんでも、もう遅い。

「奥様はもうお戻りにならない。お前たちがそうしむけたのだ」

お前たち、その中に自分も入っているのだと理解しながら私は侍女頭を責め続けた。彼女を責める資格がないと、自分自身が一番よくわかっているが。

「私はなんという過ちを」

そう言って侍女頭は床にうずくまって泣きだすが、私だってみっともなく泣きわめきたい。

「私も馬鹿なことをしてしまった」

侍女頭を責めても、自分を責めても、どれだけ悔やんでも悔やみきれない。快適な生活を送っていただけるように心を尽くすべき私たちが、奥様をないがしろにし続けたのだから。

どれだけ後悔しても足りるわけがなかった。

そのとき、ステラの悲愴な声が部屋に響く。

「誤解で奥様はあんなつらい暮らしを強いられていたのですか？　あんなに優しい方をそんな理由で……！」

それは私と侍女頭を責めていた。責められて当然だった。

「辞めます。私」

「ステラ、何を言いだす？」

「誰も奥様に仕えたくないと言ったから、私が奥様のお部屋の掃除をしていました。奥様がいらっしゃらないのであれば、私がいても仕方がないでしょう」

「それはそうだが」

奥様が嫁いでくるにあたって増やした女性使用人のひとりがステラだったから、たしかにもういらなくなる。

「卑しい身分の私ですが、力はなくても少しでも奥様の心の支えになれるならと働いていました。……奥様からの手紙に、もし伯爵家で勤め続けたい理由がないのなら、奥様のお兄様のもとに来ないかと」

「なんだって？」

ステラの言葉に私は目を見開く。この下女が奥様にそこまで気に入られていたとは、考えもしなかった。

「ミケーレ伯爵家には学のない私を雇ってくれた恩がありますから、手紙を読んだときはそんな不義理はできないと思いました。でもなんの非もない奥様を虐げていたと知ったら、もうここで働く気にはなれません」

　きっぱりとステラはそう言うと、侍女頭を睨みつけた。

「もし子爵家で雇っていただけなくても、こんな人でなしの下で働くくらいなら、どんな仕事でもいいからそちらで働きます」

　ステラの言葉に、侍女頭は無言でうなだれるしかなかった。

「私宛の手紙と一緒に置いてありました。私は荷物をまとめて参ります」

　ステラは私に二通の手紙を手渡すと部屋を出ていった。

「お前たちのことは大旦那様と大奥様、そして旦那様に報告する。どのような判断をされるかわからない。だが、伯爵家への忠誠心と女神マルガレーテ様への信仰心がお前に残っているのなら、何をしたのか、すべて懺悔しなさい」

　懺悔しなければならないのは私だ。

　しかし今は私のことではなく、旦那様に離縁をお伝えしに行かなければならない。使用人の処罰はそれからだ。

「奥様の手紙には、私たちのことが」

「それをお前が知る必要はない。さっさと仕事に戻りなさい」

　侍女頭を部屋から追い出し、『セバスへ』と流れるような美しい文字が書かれた封筒を開く。

　罵る言葉が書かれているのか。それとも一年間の嘆き悲しみだろうか。

　そう考えながら見る便箋は、伯爵家で使用している物ではなく、若い令嬢が使いそうな花模様の入ったそれだった。

不思議に思ったあと、奥様に伯爵家の便箋をお渡ししていなかったことに気がつく。

「……ああ、私は最低だ」

手紙には今まで世話になった礼と、ステラが辞めたいと言った場合はこの紹介状を渡してやってほしい旨が書かれ、奥様直筆の紹介状が同封されていた。

そして大旦那様へ渡していた薬の売上金が今後なくなれば、ミケーレ伯爵家が困るとはわかっているけれど、それは許してほしいということ。その代わり、嫁いでくる際実家から持ってきた物と、屋敷に残っている自分の物をすべて売り払い、今後の役に立ててほしいということも。

「まさか」

部屋にあるであろうという、変な言葉に一瞬首を傾げ、私はある事実に思い当たった。

女主人の部屋には、トニエ家のお金でミケーレ伯爵家が準備した夜会やお茶会用のドレス、それに合わせた宝飾品などがたくさん置いてある。しかし、それらを奥様が使うことはなかった。一度も足を踏み入れていないのだから当然だ。奥様は女主人の部屋に納めた物を見てすらいない。

今まで大旦那様のお古の服しか持っていなかった旦那様にも、トニエ家のお金で新品のものが用意されたのだった。それらは今、王宮の旦那様のお部屋に運びこまれ、旦那様に使われていると言うのに……

「これでは詐欺だと子爵家から訴えられても仕方ない話ではないか」

旦那様はフェデリカ様に一目惚れし妻に望んだ。結婚までの費用とそれ以後の支援をトニエ家から受けたが、ミケーレ家は奥様に虐待とも言える行いをした。これではトニエ家からの金を得るために、求婚したのだろうと言われても仕方がない。

備えつけの家具しか残されていない空っぽの客間で、私は旦那様にどう報告をしたらいいのかと考える。

「ステラの退職の手続きと子爵家への紹介状の作成、あとは何をすればいいのだろう」

奥様の手紙に、奥様のお兄様のもとに来ないかと書いてあったとステラは言っていた。

紹介状などいらないと言われそうだが、紹介状なしに勤めていた屋敷を辞めるのは、どうしようもない使用人だけだ。ステラはまともに仕えていたのだから、紹介状を書かずに追い出すような真似はできない。

しなければいけないことがたくさんあるのはわかっているが、頭の中は後悔の念ばかりが渦巻いていた。

白い結婚のままでいることが、どれだけ問題であるかわかっていたというのに。旦那様が長い間屋敷を留守にして奥様をほうっていると、大旦那様へ報告せず隠し続けたのだ。もしも大旦那様が旦那様を叱責していたら帰ってきたかもしれないのに。

「とにかく……旦那様に報告しなければ。それに自分がしでかした罪を隠したままではいられない」

旦那様が嘆き悲しもうとも、奥様が離縁したと伝えなければならない。

「旦那様は嘆かれるのだろうか」

誰もいない部屋をあとにした私はステラの退職の手続きと紹介状を作成したあと、すぐに王宮に向かった。

王宮にある旦那様の執務室の前で、私は扉を叩く。入室許可の声を聞いて中に入ると、執務中の旦那様に足早に近づいた。

「旦那様、お忙しいところ大変申し訳ございません。急ぎの用があり、参りました」

「急ぎ？」

仕事を中断させてしまったからか、旦那様はいらいらした様子で私を睨みつける。甘く優しい顔立ちの美形と学生のころから評判だったが、今はその面影はない。こんな厳しい表情をする方だったろうかと疑問に思いつつも、奥様からの手紙を旦那様に差し出した。

「奥様からのお手紙でございます」

「急ぎの用事とはこれだけか、手紙は昨日も持ってきただろう」

表情ひとつ変えずに旦那様は封筒を一瞥し、封すら開けず机の引き出しにしまおうとする。

「旦那様……！」

いつもの冷静さを失っていた私は、咄嗟にその手を掴んでしまう。主人の行動をこんなふうに止めていいはずはないが、今すぐに手紙を読んでもらう必要がある。

「何をする。無礼だろう！」

「ひっ」

旦那様に掴んだ手を払われ、私は小さく悲鳴を上げながら後退る。

優しく温厚な旦那様が使った無礼という言葉に少し引っかかりを覚えた。それに、旦那様に今まで叱責されたことも暴力を振るわれたこともなければ、こんなふうに手を払い除けられたことも初めてだ。

「た、大変申し訳ございません。で、ですがその手紙は今すぐにお読みいただきたいのです」

そう願い出ると、旦那様は手紙を机の上に放り投げ私を睨む。

「何があったか知らないが、私はくだらない私用で時間を潰す暇はない。こんな手紙を読むためにお前は時間を使えというのか」

こんな手紙という言葉を聞いて私は衝撃を受ける。

旦那様が忙しいことは十分理解しているつもりだ。そのため今日も、私が屋敷を出る準備が整う前に、旦那様へ先触れを送って、時間をいただけるようにお願いしていた。

それに、机の上には書類が数枚あるだけで、奥様からの手紙を読む時間すら惜しむほど多忙だとはとても思えない。

「お忙しいとは存じております。ですが、実は奥様が」

「あれがどうした」

「奥様が離縁の申請を行い、今日付けで離縁が受理されてしまいました」

恐る恐る告げると、旦那様は一瞬だけ呆然としたあと手紙を読みはじめた。

奥様は手紙で離縁について知らせていると言っていたのに、旦那様は知らなかったように見える。

それとも手紙に書いていても、本当に離縁すると思っていなかったのだろうか。それに、旦那様は便箋を見ても何も感じていないようだ。家紋入りの便箋を使わなくて当然と考えているのだろうか。

私はそんな疑問を口にはできず、旦那様が手紙を読み終えるのを待つしかない。

「白い結婚による離縁の申請だと、女性からそれを？　なんと恥知らずな」

手紙を読み終えた旦那様は感情の感じられない声でそう尋ねてくる。

「はい。女性からでも結婚一年で、白い結婚による離縁の申請を行うことができます。神殿に認められれば、その場で離縁の申請は受理されます」

「そんなことは知っている。私が知りたいのは、なぜそんな恥知らずな行いをしたのかだ」

なぜと驚いた様子の旦那様に、私は失礼だとは思いながら尋ねてしまう。

「奥様は前回お渡ししたお手紙に『結婚してちょうど一年、その日まで何も連絡をくれないのなら、待つのをやめて離縁の手続きをする』と書かれたとおっしゃっていました」

「……手紙？」

旦那様は今読んでいた手紙をそのまま机の上に置くと、机の引き出しから手紙の束を取り出す。綴り紐でまとめられた手紙の束は、紐を外されて机の上に小さな山を作った。

「それは！」

私は驚いて手紙の束を見つめることしかできない。

驚いたのは手紙の数ではなく、その状態。数通は開封されているように見えるが、ほとんどの手紙は封がされたままだった。

使用人が指摘していいことではないとわかっていながら、聞かずにはいられない。

「旦那様、奥様からのお手紙をずっと読んでいらっしゃらなかったのですか」

「手紙は私の体の心配と、いつ戻れるのか、何か連絡が欲しい、そればかりが繰り返し書かれているだけだ。私が忙しく屋敷に戻れないのは伝えていたはず。それを理解せず繰り返し同じ内容の手紙をよこすなど読むに値しない」

冷めた目でそう告げる旦那様に、私は背筋が寒くなる。

「一番新しいものはこれか」

旦那様は手紙の束の一番下にあった封筒を抜き取ると、封を開き中身を読みはじめた。

「連絡がないのなら自ら去ります……か」

「旦那様、ほかの手紙は読まれないのですか」

「今さら読む必要があるのか？　すでに離縁は受理されたのだろう」

手紙の山を一瞥したあと、あっさりとそう言い放つ旦那様。

あの中には、屋敷でのつらい生活や奥様の思いが書かれているはずだ。それを旦那様はなんの価値もないものだと切り捨てたようなものだ。

私は悲しみなのか怒りなのかわからない感情が芽生えてしまう。

「旦那様は奥様を愛しておいでだったのではないのですか。婚約したあの日、あんなに幸せそうだったというのに……。政略でも困窮した伯爵家の支援のためでもなく、旦那様が奥様を見初め、望まれての婚姻だったはずです。自分が幸せにしたいとおっしゃっていたではありませんか」

あの日、恥ずかしそうにそう告げた旦那様を私はよく覚えている。だからこそ、旦那様が屋敷に戻られないのはそれだけ王宮でのお仕事が過酷なのだと信じていた。奥様も旦那様を想い、待っていると思いこんでいたのだ。

「それなのに、旦那様はそんなに簡単に切り捨ててしまえるのですか」

「見初めた、そうだったのか」

小さな旦那様の声は、私には聞き取れなかった。

「白い結婚による離縁は絶対に覆せませんし、同じ相手との再婚も禁止されています。旦那様が後悔されてももうどうしようもないのです」

「わかった」

奥様が苦渋の決断をしたはずの離縁は、旦那様の心には少しも響いていない。奥様が書き続けた手紙も、ただの紙屑にしか見えていなかったのだろう。

「ほかに何かあるか」

あまりにも平坦な声に、私はもう何も思うのはやめようと決めた。

こんな冷たい感情を持たれるために、奥様は手紙を出し続けたのではないはず。離縁について書かれた手紙すら読まれていないなど、思ってもいなかったはずだ。

「ほかにはございません。お時間を取っていただきありがとうございました。これから大旦那様にご報告に伺いますので、失礼いたします」

私は奥様を追いつめたひとりだ。私が屋敷内をもっとしっかり見ていたら、奥様は離縁を考えなかったかもしれない。だから私がこんなことを思うのは間違っているし、そんな資格はないともわかっている。

それでも、一年耐え続けた奥様があまりにも哀れだった。

第二章　旅の始まりと新しい出会い

散々泣いた次の日の朝。

もっと長くいてもいいのにと口を尖らせるお兄様を残し、私はトニエ子爵領に向け出発した。

心配して一緒に来るかと思っていたお兄様は、どうしても外せない用があると言って私を見送った。

早くお父様たちの顔が見たいのはもちろんだが、元夫が住む王都から離れたかった。彼を忘れようと決心しても、王宮を見るたびに思い出して気持ちが揺らいでしまいそうで、怖かったのだ。

「ああ、晴れてよかった」

「本当ですね。お嬢様」

「それに気持ちいい風が吹いているわね」

王都を出て半日、見渡す限りの平原という少し寂しい場所に差しかかったところだ。次の町まではところどころに木があるだけだろう。

「この馬車、本当に揺れが少ないわ」

お兄様が用意してくれた馬車は素朴な外見からは想像もできないほど快適で、私は久しぶりの馬車の旅を満喫していた。石畳が敷かれた王都の道だけでなく石ころだらけの道でも揺れが少ないうえ、馬車の中は広く座席の座り心地もとてもいい。

「馬車に乗ったのは王都に来たとき以来ですが、たしかにあのときは話もできないほど馬車が揺れて大変でした。安い旅馬車だったからでしょうか？」

ステラもその性能に驚いているようで、興奮気味に話す。

ステラは私の手紙を読んで、ミケーレ伯爵家の下女を辞めて、私のメイドとなるために昨日屋敷に来てくれた。

長距離移動には通称、旅馬車と言われる箱型の大型馬車が使われる。丈夫ではあるのだが、乗り心地はあまりよくない。

「それが普通よ、この馬車がすごいだけ。こんなすごい馬車を作るお兄様の才能がうらやましい」

「そうなのですね、こんなすごい物を作る錬金術師というのは素晴らしいですね」

才能ある錬金術師が本気になると、こんな快適な動く屋敷のようなものが作れるのかと、ステラは感動している。

お兄様は私よりもはるかに優秀な錬金術師だ。だが、これほどの作品を見せられると感激や嫉妬するよりも、負けていられないという気持ちになる。

「お嬢様、とても楽しそうですね」

薬草の仕分けをしながらロージーが言う。

「ロージー、何を言うの。楽しそうじゃないわ。楽しいのよ」

私は笑って答えた。王都から離れていくというだけで、気持ちが浮上していく。とても解放的な気持ちがする。

「私も楽しいです」

「ふふふ。でしょ？」

そう言ってくれたロージーは、多分同じ気持ちのはずだ。疲れるだけの馬車旅をこんなに喜んでいるのだから、私たちは浮かれているのだろう。

その証拠にロージーの表情はとても明るかった。

「馬車を貸してくれたお兄様に感謝しないといけないわね。今日は、次の町で宿を取ろうかしら。最初の日くらい野宿はやめましょう」

私は子爵家の娘だけれど、薬師たるもの必要な薬草は自分で採取できたほうがいいというお父様の教育方針のもと、鍛えられている。だからほかの貴族家の令嬢と違って、野宿に慣れている。

「野宿も私は好きですよ。お嬢様」

「ロージーは昔から野宿が好きよね。でも急ぐ旅ではないのだから、宿に泊まれそうなときは、そうしましょう」

トニエ子爵領は王都からはだいぶ離れている。旅の仲間は、トニエ家の御者兼護衛のテリーとリリク。私の侍女のロージーとメイドのスー。そして。

「ステラ。馬車の旅は慣れない者には大変なの。つらかったら遠慮せずに言うのよ」

「ありがとうございます、奥様。いえ、お嬢様」

つい奥様と呼んでしまうステラに苦笑しつつ、うなずく。私だってまだ自分がフェデリカ・トニエに戻ったことに慣れていないのだから、彼女が間違えるのも無理はない。

「顔色が少し悪い気がするわ、酔ったかしら？　次の休憩まですることはないのだし、眠れそうなら眠ったほうがいいわよ。スーやロージーがしているのは趣味みたいなものだから、手伝おうなんて考えなくて大丈夫。下を向いて作業していたら、より馬車酔いしかねないもの」

スーとロージーは話しながら、魔法鞄に入れていた薬草の選別をしている。薬師ギルドで購入した薬草の品質にはばらつきがあるため、傷みがあるものを分けているのだ。

私の仕事を長年手伝ってくれているふたりだからこそ、揺れる馬車の中でも作業できるだけであって、そもそも馬車に乗るのに慣れていないステラには無理してほしくない。これがもしも普通の馬車だったら振動がありすぎて、座っているのもつらかっただろう。

「申し訳ありません。馬車に乗り慣れていないせいか、少し眩暈がしていて」

馬車酔いになりかけているステラに、私は魔法鞄の中から薬草を取り出し手渡す。

「ステラ、この葉を噛んでいなさい。飲みこんではだめよ、体が驚いてしまうから」

「ありがとうございます。あの、これは？」

王都近くには自生していないから見たことがなかったのか、ステラは困惑しながら薬草を見つめている。

「これは馬車酔いに効く薬草よ。本当は乾燥させたものを煎じて飲むのだけれど、生の葉を噛んでも効果があるの。すごく刺激があるけれどね」

「薬草というのは、いろいろな種類があるのですね。あ、辛《から》い！」

私の説明を聞いて、素直に薬草を噛みはじめたステラは涙目になっていく。

その反応は新鮮で可愛くて、つい笑ってしまった。

「そうよ、薬効がある植物をすべて薬草と呼んでいるだけで、それぞれちゃんと名前があるのよ。これはトニエ領では、カラカラ薄荷草《はっかそう》と呼ばれているの」

薄荷《はっか》という植物の葉よりも刺激があるから、そう呼ばれている。

「すごく刺激があります。でも、おかげでなんだか楽になってきました」

「それならよかったわ。たくさんあるから新しいものがほしくなったらいつでも言ってね」

まだ涙目のステラに笑いかけて、私はまた空を見る。

いくら見ても見飽きることはない。トコトコとゆっくり進む馬車の中にいるのは気を許せる者だけで、もし行儀悪く大あくびをしたとしても彼女たちは笑っていてくれるだろう。決して後ろ指をさしたり、陰口を言ったりはしない。

のどかでとても安心できる状況だからこそ、私は笑っていられる。

領地に着いたらお兄様に手紙を書こうと考えながら、流れていく景色を眺めていたそのとき。

少し離れた場所の地面に広がる赤い色に気がつき、私は声を上げた。

「止めて！」

「お嬢様？」

慌てて馬車を止めたテリーを横目に、私は勢いよく扉を開き、駆け出す。

地面に広がる赤色は、やはり血だった。あまりに大量で、もしかしたら赤い塗料か何かなのかと疑いたくなるほどだ。そこに横たわる人の存在に、どれだけの血が流れたのかと驚きながら周囲を見渡す。

「大丈夫ですか？」

私たちが乗っていた馬車があるだけで、誰かが隠れられそうな場所はない。用心のため、腰に革のベルトで取りつけていた魔法鞄からナイフを取り出しながら、声をかけつつ近寄る。

「お嬢様、ひとりで行かないでください！」

すぐ後ろから御者のふたりとロージーがついてくる。

「ごめんなさい。でも本当に怪我をしているみたいだから」

怪我人のふりをして油断を誘う盗賊がいないわけではないから、テリーたちが近くに来たことを確認したあと、倒れている人の横に膝をつく。

「テリーとリリクは周囲を警戒して」

こんな場所でこの人は襲われたのだろうか。隠れる場所がまったくなく、盗賊が襲うにしては不自然なほど見通しのいい場所だ。

ざっと周囲を見渡して人や魔物はいないとわかるが、用心するに越したことはない。

「はい、お嬢様」

ふたりの御者はうなずく。

「ロージー、水を」

「かしこまりました」

それぞれに指示を出して、怪我人の耳元に顔を近づける。

うつ伏せに倒れているその人の腹部には、血溜まりができていた。

「大丈夫ですか？　声は出せますか？」

大量の血に眉をひそめながら怪我人の口元に手のひらを寄せると、かすかに息をしているのを感じる。遠くからわかるほどの血溜まりなのだ。今、この人が息をしているのは奇跡に近い。

声をかけながら全身の状態を確認すると、上等な素材のマントと黒い服にも血が染みこんでいることに気がつく。これだけの血が染みているなんて、出血量が心配だ。

服装から貴族か裕福な男性だと判断するが、鞄も何も持たずに怪我をして倒れているということは、盗賊か何かに襲われたのだろうか。

しかし、剣が右手に握られたままなのは不自然な気がする。相手が盗賊なら、剣も奪っていくのではないだろうか？

「……っ」

「私は敵ではありません。傷を見ますから、少し触りますよ」

耳元に口を近づけたままもう一度大声で敵ではないと言うと、かすかに肯定の返事をしたように見える。けれど、瞼は開かない。

「服をめくります。ロージー、この方を支えて」

ロージーを呼び、体の向きを変える。そしてシャツの裾を持ち上げ、男性の服に浄化の魔法をかけながら傷を確認していく。

大きく切られた傷のほか、刺されたような傷もある。

だが、どちらも致命傷というほどではないように見えた。傷の大きさに比べて血が流れすぎている気がする。

とはいえそれは今考えることではなく、目の前の男性を助けることが急務だろう。

「うっ」

男性はうめき声を上げるが、それ以外の反応はない。

「ロージー、そのまま体を支えていて」

私は魔法鞄から傷口を浄化する薬と傷の回復薬を出し、少し考えてから造血の薬と体力回復の薬も出した。

「これから治療をします。ステラ、この薬をこの器《うつわ》に移して」

私と怪我人を見ておろおろするステラを呼び、体力回復薬と吸い口がついた器《うつわ》を手渡す。

「水をかけて傷口を綺麗にします。大丈夫ですよ」

意識がほとんどなくても声をかけながら治療をしたほうがいいと、両親から教わっている。特に、浄化の薬を使うと、そのあまりの衝撃に、怪我人が暴れる可能性があるから安心させるように声かけが大事である。これをするのとしないのとではそのあとに使う回復薬の効き目に大きな差が出るのだ。傷口についている悪いものは完全に除去すべき、と考えてお兄様が開発した。

「まずは傷口を洗いますね」

「ぐうっ」

傷口に水をかけたことで意識がハッキリしたのか、男性はうっすらと目を開く。

「気がつきましたか？」

男性の顔の前で手をひらひらと動かすが、私の手を認識していないようだ。

「私の声が聞こえますか？」

声もどうやら聞こえていないらしく、なんの反応もない。

このような状態の患者を私は過去に何度も見てきた。

患者を治療するのは、本来治療の魔法が使える治癒師の役目である。だが、治癒師が大勢いる王都と違って地方では数が少なく、薬師がその役目を担うことが多い。

そのため、一通りの治療ができるように私はトニエ子爵家が経営している領内の治癒院で修行していたのだった。

「大丈夫ですよ。すぐに楽になりますからね。薬を飲んでください。体力を回復する薬と造血の薬です」

ロージーが男性の体を支えて、私は声をかけながら咳きこまないように慎重に薬を飲ませる。

「飲んだわね。じゃあ始めるわ。これから傷口を浄化しますよ。この薬はとても熱く感じますが、傷口を焼いているわけではありませんから安心してください。私を信じてください」

「ロージー、テリー、しっかり押さえていてね。さあ、これを噛んで」

治療中、舌を噛まないように折りたたんだハンカチを男性に噛ませる。そしてためらいなく傷口に薬を振りかけた。

「大丈夫、大丈夫ですからね」

「ヴヴヴヴヴッ!!」

浄化の薬の熱に反応したのか、男性は体を大きくのけぞらせて暴れる。普通、ここまで暴れることはないはずなのに……薬が効きすぎているのだろうか。

テリーとロージーが必死に男性の体を押さえつけるが、あまりに男性が暴れるせいで傷口から血が溢れてくる。もしかすると内臓が大きく損傷しているのだろうか、そのせいで出血が増えた?

「次は傷の回復薬ですよ、これで楽になりますからね」

溢れ出る血の量にうろたえながらも、安心させるように声をかけ続けた。

傷の回復薬をかけると、瞬く間に傷口が塞がりはじめる。

「お嬢様のお薬はやはり効き目がいいですね」

「だいぶ改良したからね。よかったわ」

何度見てもこの回復薬の効き目は素晴らしい。ミケーレ家の客間で研究するのは大変だったが、従来の回復薬の作り方を改良してよかった。

ただ改良品とはいえ、浄化の薬と同様に回復薬の効き目も私の予想以上によすぎる気がする。

薬は下級、中級、上級、最上級と種類があり、値段や効き目が異なる。最初から効果が強すぎる薬は使わないほうが患者への副作用が少ないため、今回は中級の薬で治療した。

だが今の浄化の薬の反応から、本当なら上級まで使って効果があるかどうかの傷だったように見えた。もともと体力がない者であれば、すでに死んでいてもおかしくない状態だった。

体が大きい成人男性だとはいえ、薬による体力回復は個人差があり油断はできない。出血のしすぎで、命を落とす可能性もある。

「かなり血が流れているようだから、もっと造血の薬が必要かしら、それとも……」

「……ぅう」

男性からくぐもった声が聞こえてくる。意識がもっとはっきりしてくれれば、もう一度体力回復薬を飲ませてもいいかもしれない。食事ができそうなら肉を食べたほうが回復も早いが、まだ難しいだろうか。

鶏などの動物の肉より、オークなど魔物の肉のほうが傷などの回復が早い。幸い魔法鞄に、道中の食事用にトニエ家の料理人が作ってくれた料理がたくさん入っている。怪我をしたばかりでも、何か食べられそうなものはあるだろう。

「傷は塞がりましたよ。よく頑張りましたね。念のためにもう一本、傷の回復薬をかけましょう」

ミミズ腫れのようになった傷痕にもう一度かけると、今度はみるみる綺麗な肌になっていく。なぜだろう……やはり薬の効きがよすぎる気がする。

「もう動かしても大丈夫だと思うわ。テリー、リリク、この人を馬車に運んであげて」

どういう経緯でこんな大怪我をしたのかわからないが、怪我は治ったばかりで、意識も朦朧としているのだ。こんな状態の人をほうってはおけない。

「お嬢様、馬車に乗せるおつもりですか」

テリーが私を諌めるように聞いてくる。

「そうよ。何か問題があるかしら。勝手に治療したのは私だけど、この人は患者よ。助けられる命は助けるわ」

旅の途中で、どんな人間かわからない者を馬車に乗せる危険は十分に理解しているつもりだ。

それでも私は薬師で、今この人の命を繋いだのだから、ここで見捨てられるわけがない。彼がどんな人なのかはわからないが、目の前の助けられる命は助けたいのだ。それが人情ではないかと思う。

「問題が、ないと思われますか」

「心配なら、この人の剣をあなたが持つ？」

「……お嬢様」

私が気持ちを変える気がないとわかったのだろう。テリーは男性の体を持ち上げながら「お嬢様は本当にどんな人間でも拾うんだなあ……」と大袈裟にため息をつく。

「見境なくそうしているわけじゃないわ」

「お嬢様は優しいのです」

ロージーとスーは口を揃える。

ふたりの言葉を聞いてうれしくなりながらも、そうではないと言いたくなる。優しいからではなく、考えるより先に体が動いてしまうのだから。

「優しいわけじゃないわ。目に入るとつい体が動いてしまうのよ」

言い訳のようにそう言うと、ロージーとスーは勢いよく反論しはじめた。

「それを優しいと言うのです。お嬢様」

スーの言葉に首を縦に振りながら、ロージーが続く。

「そうです。そもそもテリーだってお嬢様に拾われたくせに、嫌みを言うのは間違っています。ねえ、スーもそう思うでしょ」

「俺は別に嫌みなんて」

テリーがばつの悪そうな表情を浮かべる。

「ふたりともありがとう。でも、テリーが私を心配してくれているってわかっているわ」

テリーも私が屋敷に連れてきた。

彼の場合は、両親が亡くなりトニエ領からほかの領に住む親戚のところに向かう途中で、行き倒れていたのを、私が見つけたのだ。

リリクは冒険者になりたてで、森でけがして動けなくなっていたところに遭遇し、治療したのがきっかけだ。そう考えると、私はそもそもこういう出会いが多いのかもしれない。

「彼がおかしな素振りを見せないか、ちゃんと気をつけるわ。テリー、それならいいかしら」

「わかりました。でも、剣は預かります。俺たちにはお嬢様を無事に領地に送り届ける役目がありますから」

「ありがとう。では、早く彼を休ませてあげて」

テリーとリリクがふたりがかりで男性を運ぶのを私は見つめる。

久しぶりに患者を診たため、自分でも気づかないうちにかなり緊張していたようだ。命を救えたことに達成感と安堵、そして少しの興奮を覚える。

「どんな理由で怪我をしたのかわからないけれど、助けられてよかったわ」

「そうですね。ただ、私は先ほどあのように申し上げましたが、お嬢様のことが心配な気持ちはテリーと同じです。……あの方はかなり鍛えているように見えました。あの剣だって安物ではないように見えます。もしかしたら危険なことに巻きこまれるかもしれません」

ロージーはそう言いながら、不安そうに馬車のほうを見る。

……強盗なら剣を奪ったうえで止《とど》めをさしていくだろう。怪我をさせて放置というのはありえない。そもそも命を狙ったのだとしたら、息絶えるまで見届けそうなものだ。少し違和感を覚える。

「でも、安心もしました」

「え？」

ロージーの発言の意図がわからず、首をかしげる。

「お嬢様はやっぱりお嬢様ですね。あのお屋敷にいたお嬢様は……。とにかくお元気になってよかったです」

「元気？　……そうね、私は元気みたい」

血を流して倒れている彼を助けたいと動いてしまった私は、やはり根っからの薬師なのだと改めて自覚した。惰性で薬を作っていただけでは得られない充実感、両親から教えられた薬師としての生き方を、彼を治療したおかげで思い出したのだ。

「ロージーありがとう。私、元気よ」

「……はい。よかったです」

そう言って笑ってくれるロージーの顔を見て、私の選択は間違っていないのだと確信した。

私は領地に帰り、薬師として、錬金術師として生きる。それでいい。

前向きな気持ちになったあと、自分とロージーに浄化の魔法をかける。

「……うーん。やっぱり完全に綺麗にはならないわね。苦手なのよ」

ドレスについた土埃と彼の血はだいぶ取れたが、汚れが少し残っている。お父様やお兄様と比べるとまだまだ実力不足だ。それは努力のしがいがあるということ。

神様が与えてくださった能力は努力しなければその力があるだけ、鍛えることで熟練度が上がり、できることが増えていく。それは魔法も同じだ。

「私たち平民には使えませんから、十分素晴らしいと思います」

「ありがとう、ロージー。さあ、馬車に戻りましょう。彼を寝かせなくては！　造血の薬は飲ませたけれど、大量に出血して体力が落ちているはずよ」

馬車に戻ると、テリーが馬車内の御者側の座席を簡易ベッドに変形させ、男性を寝かせていた。

この馬車は座席の片側をベッドにでき、その下は物入れになっている。座る面積は片側分になるが、女性四人だから問題はない。

簡易ベッドに横たわる男性は目を閉じたままだが、呼吸は落ち着いているようだ。意識を失ったというより、眠っているように見える。

近くに彼の剣はない。テリーが警戒して預かっているのだろう。

「お嬢様、出発します。なるべくゆっくり走らせますが、問題あるようでしたら声をかけてください」

普通の馬車よりは揺れないとはいっても、寝ていれば少し振動を感じるだろうとテリーは気にしてくれているのだ。彼を警戒していたというのに、こういうところがテリーは優しいと思う。

「わかったわ。ありがとう、テリー」

「はい」

ステラ、スー、私、ロージーの順で横並びに座って、馬車は再び走りはじめた。

「ひとりでこんな場所を歩いていたのでしょうか、馬車を使えそうな身分に見えますが……」

スーが横たわった男性の顔を見ながら、困惑したようにつぶやく。

すべての人が馬車を使って旅ができるわけではないけれど、彼の服装から路銀に苦労していたようには見えない。

王都から馬車で半日の距離とはいえ、ここは町と町の間の何もない田舎道。こんな場所に、なぜひとりでいたのか。地面にあんなに血が広がっていたのだから、どこかで傷つけられて運ばれたわけではないだろう。

「そうね。意識が戻ったら話してくれるかもしれないわ」

男性は苦しそうではないが、意識が戻らない。

私には目を覚ます様子がない彼を見つめることしかできなかった。

馬車に揺られながら、男性の様子を眺めて数時間。

「う……」

小さな声とともに彼は瞼を開けた。肩につきそうな長さの緩く波打つ栗色の髪に、茶色の瞳をした男性は、日焼けした肌のせいか少しだけ野性的に見える。

「あ……れ？」

男性は戸惑いながら体を起こすと、私たちに気がついたようで後退りする。そして、すぐさま剣を探しはじめる。

その俊敏な動きに、無事に治療できたようだと安心しながらも、剣を使い慣れた人の動きだと感じた。

「大丈夫ですか？　気分が悪かったり痛いところがあったりはしませんか」

彼の顔には怯えがかすかに窺える。剣がないうえに見覚えのない馬車の中、そして見知らぬ女性四人という状況に戸惑っているのだろう、無言でこちらを見てきた。

「私は薬師をしている者です。あなたが倒れているところに偶然通りがかって治療しました」

「そうでしたか。もう助からないと諦めていました……。薬師様、助けてくださり本当にありがとうございます。申し遅れました、私はキリアンと申します」

彼は礼を言いながらも、まだ少し警戒しているようだった。

名前しか名乗っていないが、多分貴族だろう。年齢はお兄様くらいか、もう少しだけ上かもしれない。話し方は穏やかで、悪い人には見えなかった。

「私はフェデリカ・トニエです。父はここから東の方角にあるトニエ子爵領を治めています」

少し悩んだけれど、この馬車には小さくトニエ子爵の家紋が入っている。彼がそれに気がつけば素性はわかるので、あえて隠す意味はないだろうと思い直した。

「あなたを襲ったのは盗賊か何かでしょうか。あと数十分も走れば町に着きますが、小さな町ですから騎士団はなかったかと……」

騎士団は王に仕える騎士で構成されており、第一騎士団が王宮を、第二騎士団が王都の貴族街を、第三騎士団が王都の平民街と王家直轄領地を守っている。

王都のすぐ近くの町であれば、平民街を守る第三騎士団の詰め所がある。だが今向かっている町はあまり栄えておらず、宿も小さなものしかない。

「いいえ、騎士団に私の怪我について届ける必要はありません。盗賊ではありませんから」

「盗賊ではない？」

そう断言するだけの理由があるのだろうか。これ以上踏みこんで聞いていいものか悩んだ私は、ついロージーたちに視線を向けてしまう。

しかし、彼女たちも無言でキリアン様を見ているだけだった。

「あの、私以外の誰もいなかったのでしょうか？」

「はい、他には誰の姿もありませんでした」

キリアン様の問いに、私は答える。

彼の傷の様子から、襲われたのはついさっきだと思う。けれど周囲に人の気配はなかった。相手はかなり急いで逃げたということだ。私たちの馬車とすれ違ったものはいないから、違う方向に逃げたのだろう。

「そうですか、誰も……」

彼を襲ったのは顔見知りの人なのだろうか。首をかしげていると、突然彼が話題を変える。

「薬は何を使われましたか」

「造血、体力回復、浄化、傷の回復薬です」

体力回復の薬は、トニエ子爵家の薬師のみが作れる薬のひとつだ。病気や怪我の回復は体に力がないと難しいという考えから、お父様とお兄様が研究してできたものだ。

「体力回復、噂に聞いたことはあります。傷の回復薬は上級、最上級の物ですか？」

「いいえ、中級です。効き目がよかったので上級は使わずに済みました」

中級の物で完全に傷が癒えていたのは不思議だ。とはいえ、最上級の物は手持ちになかったので助かった。

「そうですか、お支払いを……」

「治療が必要か確認をせずに行ったのですから、代金は不要ですよ」

「そうはいきません。私はあの場所で死ぬのだと諦めていましたし、意識も失っていたのですから確認などできなくて当然です。……失礼」

キリアン様は首から下げていた小さな革袋を取り出した。それには家紋がついている。

彼はやはり貴族だ。もしかしたら彼の怪我は貴族の争いか何かだろうか。

私は家紋に気がついていないふりで咄嗟に視線を伏せる。はだけた胸元を直視できるわけがないので、不自然な動きではない。

女性ばかり乗っている馬車なのに、彼は少し無頓着な気がする。

「勝手に治療したのに、薬代を頂くのは申し訳ない気がしますが……そうですね、金貨一枚でいかがでしょう」

「それは安すぎます。私に傷を負わせた剣には、毒が塗られていた可能性があります。解毒するほどの薬が、金貨一枚のはずがありません。先ほど中級の回復薬を使ったと言いましたが中級なら解毒はできないでしょう」

私が提示した金額をキリアン様は即座に安すぎると拒否した。

「毒？　いいえ、私が使ったのは間違いなく中級の回復薬です。それを使う前に浄化の薬を使っていますので、弱い毒ならそれで解毒できたのかもしれませんが」

そもそも回復薬は大きな怪我を治療するためのもので、解毒の効果はない。また、浄化の薬で解毒できるのは、貝毒や植物系の弱い毒の部類だ。

命を奪うのが目的であれば貝毒や植物系の毒は使わず、魔物から取れる毒を使うはずで、解毒専用薬でなければ効かない。

「……弱い毒、その可能性は低い気がします」

キリアン様は少し考えこんだあと、弱い毒の可能性を否定した。

「たしかに薬の効き目が良すぎる気がしましたが、強い毒はあれでは解毒できません」

薬を使ったときキリアン様は過剰反応しているように見えたが、薬が効きやすい体質なのかと思っていた。

「あなたが使った薬に、植物が加熱されずにそのまま使われたものはありませんか」

「え……!? まさかキリアン様は、緑の手の能力をお持ちなのですか」

驚いて、つい失礼な聞き方をしてしまった。能力に優劣をつけ差別する者がいるため、能力や職業を詮索するのは褒められた行いではない。

平民ならちょっといい能力を持っている程度の認識でしかないらしいが、貴族は持っている能力こそその人の価値だと評され、跡目争いや結婚に影響するほどである。

「さすが国の薬箱と言われる、トニエ子爵家の令嬢ですね。そうです。私は緑の手の能力を持っています。役立たずの能力ですが」

吐き捨てるような言い方に、私とロージーは思わず顔を見合わせた。私の失言で、キリアン様に不快な思いをさせてしまったのかと心配になってしまう。

「ああ、申し訳ありません。助けていただいた方の前で」

自分の態度に気がついたのか、すぐに謝罪するキリアン様。

「いいえ、こちらこそ失礼いたしました。ですが、理由がわかりました。緑の手の能力のおかげで、加熱せずに使った薬草の成分に過剰反応したのですね」

今持っている回復薬と浄化の薬は改良していて、一部の薬草を加熱せずに使っていた。

「さすが薬師だ。この能力のことをよく知っておられる」

エルフと親しくない人間にはなじみのない、緑の手の能力。ギルド長から聞いた話では、植物の育ちをよくしたり自由自在に品種改良できたり、植物を利用した魔法まで使えるらしい。

『エルフ固有の能力』と言われていて人間がこれを持っているのはとても珍しく、人間がこの能力を持っていると、エルフの血が入っているのではと思われるらしい。実際、私は今までひとりしか会ったことがない。

「恥ずかしながらそれで以前失敗したのです。緑の手の能力を持っていると知らなかった人に浄化の薬をそのまま使って、効きすぎて熱反応が過剰に出てしまいました」

以前、薬の納品に行く途中、怪我をした子どもに治療を行ったことがある。

幼い子どもだったから浄化の薬を薄めて使っていたというのに、通常の濃度のものよりも効きすぎてしまった。結果、その子どもは浄化の薬の熱に驚き力の限り暴れて、余計に怪我を悪化させてしまったのだ。幸い、大人数人で体を押さえつけて治療することで、なんとか傷は塞がった。

あとからギルド長にその話をしたところ、緑の手の能力持ちだとわかったのだ。

まさかエルフ以外に緑の手の能力を持つ人がいるとは思わずに、安易に改良済みの浄化の薬を使ったのが問題だった。確認不足から子どもに不必要な苦しみを与えてしまったのは苦い記憶である。

「わかります。私もこの能力を使いこなせるようになるまでは、林檎の果汁を飲むだけで体調を崩してました」

「林檎の果汁だけで……！　それはつらかったですね」

林檎は、食べ物の消化を助ける効果がある。体によい効果が体調不良の原因になるほど過剰に反応するとは……

能力は意識しなければ使えないものである。林檎の果汁を飲むだけで、無意識にそれだけの効果を出すということは、キリアン様の緑の手の能力が優れているという証拠でもある。

でも、今回の薬の反応は、能力の優劣とは違う気がする。

「無意識に能力が発動する場合があると聞いたことがあります。キリアン様はもともと林檎の果汁で過剰反応を起こすということですし、今回はそれがうまく作用したのだと思います」

いいほうに働いてよかった。そうでなければ、傷を治しても解毒が遅れて、命を落としていただろう。気を失っていたとはいえ、毒の症状を見落としていたのは薬師として失敗だ。

「そうですね。命を狙われたのもこの能力のせいですが、それが自分を助けた。なんとも皮肉なものです」

キリアン様はそう言うと金貨を二枚、ロージーの手にのせた。

親しくない貴族女性に何かを渡したいとき、本人ではなく使用人に手渡すというのは最低限の礼儀作法だ。それを自然に行う様子を見ると、やはりこの人は貴族なのだろう。

「金貨一枚とおっしゃるなら、こういう場合は倍の額をお支払いするべきでしょう。それでも安いとは思いますが」

「いいえ、十分です。それよりも命を狙われた理由が能力のせいとは……？　差し支えなければ、理由を教えていただいても？」

緑の手という、争いとは無縁のはずの能力を持つ方が命を狙われた。その理由が気にかかり、私はつい聞いてしまう。

「簡単に言うと、跡目争いに負けただけです。私はジラール子爵家の嫡男として生まれ育ちました。父は第三騎士団の団長をしています。ジラール子爵家の当主は代々王家に仕える騎士として生きてきました」

私を信用してくれたのか、キリアン様は家名を名乗ってくれた。騎士として代々王家に仕える家だと聞いて、キリアン様の鍛えた体の理由がわかった。

「だが私には剣の能力はなく、父は鑑定の儀式で失望したそうです。緑の手の能力は珍しくても家の役に立たないと」

騎士の家系であれば、剣の能力を期待されていたのだろう。騎士向きの能力と言うと剣や双剣や棒術、職業は剣士や騎士などがある。

「そうでしたか」

「弟は父と同じ剣の能力を持っています。彼は後妻の子なので、私とは母親が違います。弟と義母が私を疎ましく思っているのはわかっていましたが、まさか命を狙われるとは考えていませんでした」

「まさか弟さんが？」

私は驚きのあまり大声を上げそうになり、慌てて両手で口を覆う。大声を上げるなんて、貴族女性にあるまじき行為だ。

「つまり、弟さんは自分が家を継ぎたくてキリアン様を襲ったというのでしょうか」

私の問いに、キリアン様は眉間に皺を寄せながらうなずく。

「私は家を出て、弟を跡継ぎにと考えていました。騎士になれる能力がない私では力不足だと思ったからです」

代々騎士となる家なら、キリアン様のように力不足だと考えてもおかしくはないのかもしれないが、なんとなく納得がいかない。

騎士団長は世襲制ではないから、キリアン様が必ず騎士にならなければいけないわけではない。

騎士にならず家を継ぐのでは、いけないのだろうか。

「しかし私の考えを父は笑い、騎士にはなれなくても領主になることはできる、家を私が継いで弟は騎士団に勤めればいいと譲りませんでした」

「跡継ぎをキリアン様に決めたのですね」

キリアン様のお父様が、騎士に向いた能力を持つ弟さんではなく、キリアン様を跡継ぎにと望んだ理由はわからないが、当主の決定は絶対だ。誰も反対はできない。

「弟は父の決定を許せず、王都から領地へ戻る馬車の中で私を襲ったのです。彼はその直前、跡継ぎについてどう思うか聞いてきました。そして、兄がいなければ……と短剣を抜いてきたのです」

自分が当主になるために腹違いとはいえ兄を殺そうとするなんて、あまりの話に私は何も言えないまま、キリアン様の着ている服の破れた箇所を見つめてしまう。

黒い服のおかげで私の拙い浄化の魔法でも血の色は目立たないが、破れた穴はそのまま。ボロボロになった衣服が、血の繋がった弟から襲われた痕だと思うと、おそろしくてたまらなくなる。

キリアン様の弟さんが、兄を殺したいと思うほどの憎しみを持つのが理解できない。毒を用意し兄を殺す機会を狙うなんて、理解したいとも思わないが。

「馬車の中で襲われて、逃げようと外に出たのですか？」

「はい。弟は剣の能力持ちですし、狭い馬車の中です。抵抗らしい抵抗もできずに、わき腹を刺されてしまいました。私の従者は王都に置いてきたので味方がいなかったのです。同乗していた弟の従者も襲いかかってきて、走る馬車からその従者とともに落ちてしまいました」

「走る馬車からですか⁉」

狭い馬車の中で襲われ弟さんの従者も共犯だったと、聞けば聞くほど血の気が引いていく。地面に広がる血が多いように見えたのは、ふたり分の血だったからだろう。

「ええ。なんとか受け身を取り、一緒に落ちた弟の従者に反撃して切りつけたところまでは覚えていますが……そこで力尽きました。あとはご存じの通りです。従者には致命傷を与えられたと思いますが、あの場にいなかったのであれば、弟が連れて帰ったのだと思います」

「キリアン様のことを家にどう話すつもりでしょうか」

同じ馬車に乗っていたキリアン様が行方不明になったら、真っ先に疑われるのは弟さんではないだろうか。どうやってごまかすつもりなのか。

「簡単です。馬車が盗賊に襲われて私は逃げきれなかったとでも話すのでしょう」

「そう言われてすぐに信じるでしょうか。あなたのお父様は騎士団長の権限を使って、キリアン様を捜そうとするのではありませんか」

もしも盗賊に襲われて私が行方知れずになったと私の家族が知れば捜すはず。ありとあらゆる伝手を使い盗賊の情報を集めて、いくら時間がかかっても最後まで諦めないだろう。それくらい家族に大切にされている自覚がある。

「父が私を捜すなんてあるはずがない。盗賊に襲われ行方知れずになるなど家の恥だと言って、すぐに私の存在を忘れてしまうだろう。あの人はそういう人だ。私たちに親子の情はない」

今までの丁寧な口調から急に変わり、キリアン様はそう言い切る。少し野性的な印象を受ける見た目には、今の話し方のほうが合っているような気がした。

「そんな、恥だなんて」

「父は母が亡くなって、すぐに義母を娶った薄情な人だ。父が大事なのは騎士団長である自分の立場なんだ」

キリアン様は膝に置いた手をギュウッと握りしめながら話す。弟さんに襲われたことより、お父様のことを話すときのほうが感情的になっているように見えた。

どうやらキリアン様とお父様の関係はあまりよくなかったようだ。

それでも息子が行方不明になって、心配しない親なんているのだろうか。あまりにもきっぱりと言い切るキリアン様に戸惑ってしまう。

「これからどうされるのですか？　ジラール子爵家に戻られるのですか」

「家に戻れば再び命を狙われるでしょう。私はジラール子爵家や王都から離れ、遠い地で平民として生きようかと思います。そうすれば弟に見つかることはまずないでしょうから」

「見つかる可能性は低いと思いますが、弟さんが捜さないでしょうか」

彼らがなぜキリアン様にとどめを刺さずに放置したのかわからない。毒を使って傷つけたから助かるわけがないと思ったのだろうか。

止《とど》めを刺すより自分が逃げるのを優先したのだろうか？　たしかに私たちが通りかからなければキリアン様は命を失っていただろう。それでも毒まで用意して襲ったにしては中途半端な気がして、少し違和感を覚える。

「弟は私を殺したと思っているでしょうから、私が下手なことをしない限り追手は来ないと思います」

キリアン様は家に戻るのを諦めたようにそう言うが、本当に納得しているのだろうか。

下手なことをしない限り追手は来ないということは、このまま家に帰えらず子爵令息として生きるのをやめるということ。未練などないのだろうか。

「家を継げなくなることに未練はないのですか。それに、弟さんに罪を償わせる気は？」

「仮に家に戻っても、使用人たちは義母に掌握されていますし、弟がしたことを父が知ったとしても、弟に後れを取った私に呆れるだけでしょう。弟の攻撃を防げなかった私には、家を継ぐ道はなくなったのです」

キリアン様は淡々と話すが、貴族が故郷を捨て平民として生きるというのは大変なことだ。半分とはいえ血の繋がった弟に命を狙われて、あんな場所に捨て置かれ、自分の命を守るためにあてもなくどこかで生きるなんて悲しすぎる。剣がある程度使えるなら、どこかの家の護衛や冒険者になれると思うが、安定した生活ができるかどうかわからない。

けれど、キリアン様の能力は緑の手を持つ。トニエ家なら彼の能力を十分に活かせるのではないだろうか。

「行くあてがないのであれば、私の父が治める地に行きませんか」

「お、お嬢様!!」

ロージーたちが叫ぶ。慌てているのは当然だ。

私だって無謀なことを言っていると自覚している。出会ったばかりだし、厄介ごとを自ら呼びこむような真似をするのは愚かかもしれない。

しかし、彼をひとりにしておけない。

「何を言っているのかわかっていますか?」

「ええ。……多分?」

曖昧な返事をする私に、キリアン様は呆れたような表情を浮かべる。

「多分って、あなたに迷惑をかけるかもしれないのですよ。最初は家名すら話すつもりはありませんでした。でも……」

私に話したことを後悔しているのか、キリアン様は片手で自分の顔を覆いながらうつむいてしまう。

「気持ちが弱っていたのです。あなたに理由を聞かれて、弟に襲われた衝撃を吐露してしまった」

「ほとぼりが冷めるまで、と思っただけです。ご存じかもしれませんが、トニエ子爵家は薬師と錬金術師が多くいます。薬師にとって、薬の素である薬草は宝と同じです。キリアン様が緑の手の能力を使って薬草を育ててくださるなら、とても助かります」

諫めるようなロージーの視線を無視し、私はキリアン様を説き伏せようと早口で訴える。

出会ったばかりだけれど、彼が当てもなく放浪し生きるのは悲しい。行く当てがないのならトニエ領に来ればいい。

「もちろんキリアン様が緑の手の能力を使うのがお嫌でしたら、無理にとは言いません。それを抜きにしてもトニエ領はとてもいいところですよ」

大好きな自慢の領地。穏やかな気候で領民もとても気持ちがいい人たちばかりだ。住めばそのよさをわかってもらえるはず。

「……お人よしだと言われたことはありませんか？　私は命を狙われているのです。厄介ごとを自分から引き寄せてどうするのですか」

信じられないといった様子のキリアン様だったが、嫌だと言われなかったのをいいことに私は絶対に引かないと決めた。

それを彼は察したようで、ロージーたちに向き直る。

「あなたたちも彼女を止めてください。私が彼女を危険な目にあわせるかもしれないのですよ」

「はい……。お嬢様はいつもこの調子なのです。ご自分のことより他の者を心配して、危険を省みず動かれてしまうのです」

ロージーはキリアン様の言葉を聞いて、ひとつ深くうなずく。そして私のほうに体ごと向けて口を開く。

「お嬢様！　お嬢様は危機——」

「危機感がないというお説教は聞かないわ」

「……自覚はおありなのですね」

ロージーの言葉を遮って答えると、彼女はふうっと大袈裟にため息をついてみせる。

たまに大胆な行動をする私をいつも彼女が諌めていた。きっと彼女の頭に、テリーを連れてきたときのことが浮かんでいるのだろう。

「……お嬢様はこういう方だったと思い出しました。なぜ忘れていたんでしょうか」

「あら偶然！　私も今思い出したわ」

にっこりと笑ってみせる。

「仕方ないですね。これがお嬢様ですから」

そう言って、ロージーが折れてくれた。

「本当に私もトニエ領に？」

「あなたを雇うかどうかは父の判断になりますが、それでもよければ」

お父様は理不尽な話を嫌う人だから、彼を匿うことも雇うこともだめだとは言わないだろう。

彼の境遇に同情はしない、けれど彼の弟さんのしでかしを良しともしない。お父様はそういう方だ。

あとはキリアン様のやる気だけ。

強引に話を進めようとする自分自身に少し戸惑っている部分はあるけれど、ミケーレ伯爵家を出た解放感のあまりおかしくなっているのかもしれない。

「ありがとうございます。では、子爵領までご一緒させていただいてもよろしいでしょうか」

「はい。もちろん。私が誘ったのですから！」

自分が持っている能力が役立たずだ、と悲しいことを言うこの人をほうってはおけない。

こうして新しい旅の仲間ができたのだった。


翌日。

町で一夜を過ごした私たちは朝早く宿を出ると、人目を避けて馬車を走らせた。キリアン様を狙う者に見つからないためと、もうひとつ理由がある。

「フェデリカ様、何をされているのですか？　それは……杭？」

町を抜けてすぐの道で、馬車を停めて地面にうずくまった私にキリアン様が声をかける。不思議というよりも不審そうに彼は私の手元を見ていた。

「これは我がトニエ家の秘密の実験と自己満足、そして貴族としての責任です」

「実験と自己満足ですか？　そして責任？」

キリアン様の気持ちが理解できるだけに、私は苦笑いするしかない。

それでも私たち以外誰もいないというこの好機は逃せないため、かまわずに杭を地面に打ちこみ続ける。

「えっと……フェデリカ様？」

この杭のことは一族の者以外には基本的に秘密にしているが、旅の間キリアン様に隠し続けるのは難しいだろう。それに彼にトニエ家の仕事の手伝いをしてもらおうと決めた以上、これは知っておいてもらうほうがいい。

そう考えた私は戸惑うキリアン様に話す。

「これは土の中の魔素を吸い込み、地面の栄養に変化させる魔道具です。名前を魔養土杭《まようどぐい》と言います。これを地面に打つことで、農作物の収穫量が増え、味や大きさもいいものが育ちます」

「魔道具ですか？」

地面に打ちこんだ杭の頭をキリアン様は不思議そうに見たあと、疑問を浮かべた表情で振り返る。

「はい、そうです」

この杭が魔道具だとは普通思わないだろう。一番見つかりにくいだろうと思ってこの形に決めたのだ。魔道具は安いものではないため、たとえ使い道がわからなくてもそうだとわかってしまえば盗まれてしまうかもしれないからだ。

「この杭を作ったのは、魔物の出現を減らしたいという思いからでした。魔物の被害から領民を守ることこそ、貴族の責任とトニエ家では考えています」

「魔物の出現を減らすなんてできるのですか？」

キリアン様は目を見開く。

「キリアン様は魔物が現れる条件のひとつに、空気中の魔素の濃さが関係していることはご存じですか」

「聞いたことはあります」

「魔素がどのように増えるのかはまだわかっていません。ですが、トニエ子爵家では長年研究し、土地が荒れていれば荒れているほど魔素が濃くなるとわかってきました。そして魔素が濃い土地には、魔物が多く出現します」

領地と領地の境には大きな森や川があり、村はない。領地すべてを有効活用できるのが理想でも、手が回らないのが現状だ。王都近くの領地ですら、町と町の間は何もない平地が続いている。

魔物が増えると、人の住む場所までやってきて、人や家畜を襲うようになってしまう。そうなってしまえば、大規模な討伐隊を組んで魔物狩りをしなくてはならない。

「魔素が濃い場所に魔物が多く出るというなら、魔素を薄くしてしまえばいい。そうすれば魔物の出現は減るはずだと、そう考えてできたのがこの魔道具です」

魔素はどの場所でも関係なく発生するが、人が住む地は薄く、開拓されておらず住む人が少ない地の魔力は濃いということがわかってきた。

だから人が多く住む王都は、魔素がとても薄い。魔道具を利用する際、空気中に漂う魔素を利用するからというのが大きな理由として考えられる。

基本的に魔道具は、取りつけられた魔石の力を利用するが、空気中の魔素も使うようにできている。そのため人が多く住む場所は、少量ずつだとしても魔素を消費する回数が多いということ。

結果として魔素が薄くなり、魔物が現れなくなるのではないかと考えたのだ。

「魔素を薄くする……。そんなことができるのですか」

キリアン様は急に真面目な顔に変わる。魔素の濃い薄いという考えは新しく、この魔道具の価値を本当の意味で理解する人は少ない。

まだわずかな時間しか一緒にいないけれど、他人の話を否定せずに聞いてくれる。それは彼のいいところだと、私は好ましく感じている。

「この魔道具ができたのは三年ほど前です。ですから、どの土地にも効果が出るとはまだ言い切れません。ですが魔素が薄くなれば、その土地に現れる魔物は低級の種類になり、さらに魔素が薄くなれば魔物が現れなくなる可能性もあると考えています」

「なんと！」

キリアン様は目を見開く。

「トニエ子爵領の実験でひとつの町に対して三本ほど杭を打てば、効果があるとわかっています」

「だから、町に入る前と今、杭を打っていたのですね」

キリアン様は町に入る前、テリーたちと馬の世話をしていたはずなのに、行いも見ていたのかと私は驚く。

「ええ。これでほぼこの町の周辺は魔素が薄くなるはずです。王都からトニエ領に向かう道すがら、訪れる町や村に杭を打つことで、ゆくゆくは人々が魔物に会わないようになるといいと考えているのです」

「だからこうして杭を？」

「そうです。まだ効果について明言できないため、実験している段階ですが……。これは効果がなくなると杭そのものが土に還るので、トニエ子爵家の者がこの道を通るたびに杭を打って、様子を見ています。冒険者ギルドに確認したところ、徐々にこの周辺の魔物の等級が下がってきていると言われています」

魔素が濃い場所は効果も早くなくなるが、普通は三か月から半年程度効果が続く。杭を作る費用がかなりかかるのと定期的に杭を打たなければいけなくなるという点で、まだまだ改良が必要だ。

それでも杭を打つことで領地開拓が安全に進むなら、領地を経営する者にとっては頭の痛い問題をひとつどころか、ふたつみっつ解決できることになる。どの領地も魔物に苦しめられているため、出現する魔物が弱くなるのはいいことだ。とはいえ、他領に許可なくこんなことをしているので、他人に見つからないように行いたい。

魔道具の実験だけれど、その土地の人々が安心して暮らせればいいと思う。

「領民が安心して暮らせる環境を作ろうとしているのですね」

「はい。この魔道具の効果がはっきりすれば領民は安心して暮らせますし、農作物もいいものが収穫できるようになります。旅の間も、魔物を恐れずにも済みます」

「それは素晴らしい考えです。トニエ領ではこれを実用化しているのですか」

「ええ。おかげで領地開発が進み、荒れていた林や森が麦畑に変わっています」

魔養土杭が完成するまで試行錯誤を繰り返してきた。

完成してからは、より効率的に森を開拓できるようになった。魔物討伐用に充てていた資金を領地の開拓費に使えるようにして、トニエ領の農地を増やしていく。強い魔物は姿を見せなくなり、開拓した農地は肥えた土に変化し立派な麦が育つようになった。

これらの過程を経て、トニエ領が実り豊かな場所だと言われるようにまでなっていったのだ。

「トニエ子爵家のほうは優秀な薬師として有名ですが、それだけではないのですね。魔物を討伐することばかり考えていましたが、それ以外で被害を減らそうとする方がいるとは思いませんでした。武力だけでは、領地を守ることはできないのですね」

感心したように杭を見続けているキリアン様。

彼なら騎士にはなれなくても領主にはなれる、と考えたキリアン様のお父様の考えがわかる気がした。

彼は思慮深く、周囲をよく見ている。剣の能力はなくても、鋭い目つきとがっしりとした体から日々体を鍛え剣の腕を磨こうとしていたことがわかる。

キリアン様のお父様は、そんな彼をよく見ていたのだろう。しかし彼は弟に命を狙われて、もう故郷には戻れない。

「お嬢様、そろそろ出発しましょう。次の町への到着が遅くなってしまいます」

「わかったわ、ロージー」

杭を見ながら考えこむキリアン様は、ジラール家の領地に暮らす民を思っているのだろうか。

その胸の内を思い、私はキリアン様を見守るしかなかった。

第三章　いやな女と情けない男

「お疲れ様、ブルーノ」

私室の扉を開いた途端、不愉快な声が迎えた。

先ほどまでいた王太子妃殿下の寝室から数部屋おいて隣の場所。そこは私の許可なく誰も入れないはずなのに、ひとりがけソファーに座っていたのは私がこの世で一番嫌いな女、王女殿下ジャダだった。

「なぜいるんですか」

「お疲れなブルーノを労わろうと思ったのよ」

いつもはこれ見よがしに胸元が大きく開いたドレスを着ているくせに、今日はなぜかメイド服を着ている。濃い化粧に、メイド服には似合わない腰までの長い金髪を結うことなく下ろし、派手な髪飾りまでつけている。

「離縁成立おめでとう」

「どの口でそれを言うのですか」

怒りに任せて細い顎を掴むと、苛烈な性格の王女殿下はにやりと嗤《わら》うだけで抵抗すらしようとしない。

その態度に私は背筋が凍った。

「私が離縁して満足ですか」

「お兄様はご存じなのかしら？　お義姉様は月の物が来ているのに、口であなたに奉仕するなんて。お兄様が知ったらどう考えるかしら」

王女殿下の冷たい手が顎を掴んでいる私の手に触れる。振り払おうとした私の手は、王女殿下の首元まで引きずり下ろされた。

「何が言いたいのですか……？　私が王太子妃殿下と関係しているのは、王太子殿下が認めていることです。問題なんてありません」

私は自分の意思で王太子妃殿下と関係しているのではない。王太子殿下の命令なのだ。そう思うのに、どこか後ろめたい感情を覚える。

「可哀相なブルーノ。妻に見限られてしまったわね」

嗤《わら》いながら言う王女殿下は私の手を離さない。

その手を振り払いたいのに、私を見つめる王女殿下の目が怖くて力が入らない。

昔から私は王女殿下の目が苦手だった。

苛烈でわがまま。自分の望みは全部叶って当たり前だ、と言わんばかりの傲慢な態度で私に命令する。拒否するのは許さないという、強者の目をしていた。

「私の言葉が気に入らないなら、このまま私の首を絞めるといいわ。私はあなたになら殺されてあげてもいいのよ。私が愛した人だから」

王女殿下は自分の首に、私の手を押しつけていく。

「……」

大嫌いな相手でも、王女殿下の首を絞めるなんてできるわけがない。私が無言で手を引くと、今度は王女殿下の手は邪魔しなかった。

「なぜ嗤《わら》うんですか」

自分の手が自由になり数歩後退ると、王女殿下はまだ嗤《わら》っている。

「妻以外は無理だ、抱けないと言っていたくせに、交わる必要がない日までお義姉様とふたりきりになって奉仕させるなんてね。変われば、変わるものだと思っておかしくなっただけよ」

嗤《わら》っているがその顔が一瞬泣いているように見えて、すぐに見間違いだと頭を横に振った。

「誰がそうさせたんですか」

苛立ちまぎれに声を上げ、大声を出したら誰かが来るかもしれないと口を閉じる。

「私を拒絶したくせに、お義姉様のことは抱くの。命令されたからと言い訳をして」

「それはっ！」

王女殿下の挑発に声を上げて、慌てて口を閉じる。気をつけなければ、すぐに誰かが駆けつけてくる。今の私は、そういう立場にいるのだと、王女殿下の態度に苛立ちながら思い出した。

「まあそう怒らずに座りなさいよ。おいしい葡萄酒《ぶどうしゅ》を持ってきたのよ」

焦《じ》れる私をよそに王女殿下は立ち上がり、サービングカートから葡萄酒《ぶどうしゅ》の瓶とグラスがのった盆を取ると、テーブルの上に置く。そしてまたソファーに座り、これ見よがしにスカートを太もも辺りまでまくり上げて足を組む。

その姿に私は目を逸らす。

淑女らしくないそんな姿は醜い、と罵ることができたらどんなにいいかと私は絶望する。部屋を出ても行く場所などなく、王女殿下から離れた位置にある椅子に腰を下ろす。

「お前は不誠実だわ。私にもお義姉様にも、お前の元妻にも不誠実」

「うるさいです」

王女殿下はふたつのグラスに葡萄酒《ぶどうしゅ》をなみなみと注ぎ、片方を私の前に置く。けれど、私はグラスに手を伸ばす気にはなれなかった。

王女殿下は一気に呷《あお》り、唇を舌で舐めてからまた嗤《わら》う。

目の前の女が大嫌いで、おそろしい。それは昔から変わらない。なぜ王女殿下が私のような貧乏伯爵令息を気に入ったのか理由はわからないけれど、私は彼女に執着され続けていた。

「妻からの手紙を読まず、一年もの間なんの連絡もしないで放置していたら、離縁されても仕方ないわね。かわいそうなあの娘は何も非がないのに嫁いだ先で使用人たちに虐げられたあげく、離縁して傷物になってしまった」

「……かわいそう？　どの口が言うのですか」

彼女が言っているのは、私の妻フェデリカのこと。

どうして離縁や家の事情を知っているのかわからないけれど、それは事実だった。一昨日フェデリカは自ら白い結婚による離縁を神殿に申請し、それは受理されてしまったのだ。

私は離縁の話を王太子殿下から聞いた。

執事のセバスが王宮に訪ねてきて、離縁の話を報告したのだ。王太子殿下から離縁の話を聞いて、放置していた手紙を読んだ。そこには、フェデリカが使用人たちからされてきた仕打ちが書いてあった。けれど、もう遅かった。

「後悔している顔ね。でも仕方ないわよね。あなたはこの一年妻ではない女を、自分が仕える人の妻を抱いていたのだから」

葡萄酒《ぶどうしゅ》を飲み干す王女殿下の顔は悪魔そのものだった。

彼女を殺してやりたい、自分もいっそ死んでしまいたい。

私は愛した女性を、フェデリカを一年もの間苦しめ続けてしまったのだ。彼女と初めて会った日に一目惚れして、一生大切にすると結婚の日に誓ったのに、私は彼女を不幸にしてしまった。

悪夢の始まりは、婚約してから一年後、フェデリカとようやく結婚できた日。

マルガレーテ様の前で、最愛の妻フェデリカに白い薔薇を婚姻の誓いとして渡した。それから白い薔薇が刺繍されたリボンを左手首に結んでもらった。

私は幸せの絶頂だった。この幸せが永遠に続くのだと信じていた。

結婚式を終えて、寝室で待つフェデリカのもとへ行こうとしたとき、王宮からの使者が私を止めた。

――王太子殿下の名前を騙《かた》った王女殿下に王宮に呼び出された。

『あなたが好きなの、ブルーノ。どうしても諦められないのよ』

『そう言われても、私は今日フェデリカと結婚したのです』

一度でいいから自分を抱いてほしいと懇願されても、私は即座に拒否した。フェデリカ以外を抱くなんて、ましてや王女殿下を抱くなんて考えたくもなかった。

……王女殿下はずっと私を慕ってくださっていた。私を好きだと、妻になりたいと言われていたけれど、私にはその気持ちがなく断り続けた。

魔法には火、土、風、水、雷、光、闇、聖の八属性がある。

魔力を持つ人間は一、二種類の属性のみ使えるが、彼女はそのすべてを使える。中でも闇魔法を得意とするため、王女という立場であるものの、表舞台にはあまり出てこない。

闇魔法は呪いや毒を使い、死霊を使役するとも言われ、不吉だと恐れられているせいだ。人々が持つそんな印象に加え、その使い手が陰険で傲慢で苛烈と評判な王女殿下だったから、彼女の機嫌を損ねると命がないとも言われていた。

しかし、なぜか私だけには親しげな笑顔を見せていた。おそろしい人で、でも私にとって内気な妹のような人でもある。そんな矛盾した感情を昔の私は持っていて、邪険にはできなかった。

王女殿下が貧乏伯爵の私に向ける恋慕の視線。それは、父のお下がりの流行遅れの服ばかり着ている惨めな私に、小さな優越感を与えていた。

『ジャダ、何をしている。ブルーノは今日結婚したというのに、妻をないがしろにさせるような真似をするんじゃない』

王女殿下を咎めた王太子殿下は頼もしかった。

しかし、そんなことで引き下がる王女殿下ではない。

『いつもいつも邪魔をする。私が男なら、お兄様ではなく私が王太子になれたというのに』

『馬鹿を言うな、お前が男でも王太子になるのは私だ』

王太子殿下は冷ややかにそう言って、早く帰れと私を部屋から出そうとしてくれた。けれど。

『何よ。お兄様の功績の半分以上は、私の魔法のおかげじゃない。お父様だってそうよ、ふたりは国民に認められるため、私の力を都合よく使っていたくせに』

王女殿下の反論に、私は目を見開いた。

王女殿下はこの国一番の魔法使いである。だが、怠け者で我儘だからその力を使うことはない、と言われていた。しかし、王太子殿下の功績の半分以上は王女殿下の魔法のおかげだと言う。それは本当なのだろうか。

『お前の働きなど、今話す必要はない』

『都合が悪いことはそうやって誤魔化すのね。女の私のほうが能力が高いと認めたくないのね』

『女だからじゃない。私が父上に王太子と認められたのだ』

兄妹仲は悪くないと、今まで私は思っていた。穏やかな王太子殿下が王女殿下の我儘を許していると。

でもこうして見ると、ふたりの間には溝があるように見える。

『どうでもいいわ。私は私のしたいことをするだけ。鏡よ鏡。あなたは私、私はあなた。入れ替えて、生きる望みが叶うまで放て。呪い』

視界が急に歪んで、目の前の光景が変わった。

正面に私の顔をした男がいて、『なぜ私がいる！』と指さし叫んだのだ。

……私の顔をした男が王太子殿下なのか？　そして指さされた私は、もしかして王太子殿下の顔をしているのか？

王女殿下は今『呪い』と言った。

つまり、王太子殿下の体に私の意識が移ったということか？　まさかそんな呪いが存在するのか。

『ふふふ、王太子になれる実力があるなら、呪いを解いてごらんなさい。無能ではないと証明してみせればいいわ』

王女殿下は嗤《わら》って呪いの説明をしはじめた。

ある条件を満たさなければ、呪いは一生そのまま。その条件とは私が王太子妃殿下を抱き、子どもを作ること。子が生まれなければ、私たちは一生入れ替わったままだと言う。

『王太子妃……つまりパオラが子どもを生むまで、私たちはこのまま。解呪できるのは彼女だけだ。呪いを解くには何をしなければいけないかわかるな、ブルーノ』

王女殿下が解呪する意思はない。だが、王太子殿下が何を言いたいのか私は理解したくない。

『ねえ、ブルーノ一生そのままでいる？　妻以外は抱けないと言って、お兄様の顔で生きるならそれでもいいわよ。でも、その場合、お前の顔をしたお兄様はミケーレ伯爵家に帰り、お前の妻を抱くようになるわね』

私の顔をした王太子殿下がフェデリカを抱くなんて、なぜそんなことになるんだ。

『妻を抱くなんて！』

『あら、お前たちは政略ではなく思い合った末の結婚なのでしょう？　夫が妻と一緒に暮らして、一度も抱かないなんてありえないわ。ねえ、お兄様』

意地悪く言う王女殿下に、『自分の側近の妻を抱けるわけがないだろう』と王太子殿下はしかめっ面で言い放つ。

『好きにしたらいいわ。で、ブルーノどうするの？』

『どうする……とは』

おぞましすぎて口に出したくない。

私たちの呪いが解けるには王太子妃殿下が子どもを産まなくてはいけない。だが、そうなるために私は……

『パオラが子どもを産まなければ呪いは解けない。一生このままでいるわけにはいかないのだ。ブルーノ、これは仕方がないことだ』

『仕方がないなんて！　王太子殿下、そうしたら私は』

どうして王太子殿下はそんなに冷静でいられるのか。嗤《わら》い続けている王女殿下と、冷静に私を諭する王太子殿下、私だけが動揺している。ふたりが私にさせようとしていることを想像しただけで、恐ろしくて倒れそうだ。

『できません。私には妻以外を、王太子妃殿下を抱くなんてできるわけがない』

『だが、それでは呪いは解呪されない。ブルーノの顔をした私が彼女を抱くわけにはいかないのだ。

お前がパオラを抱くしかない』

解呪のため、それしか方法がないのはわかる。だが、私にはできない。他人の妻を、自分の主《あるじ》である王太子殿下の妻を抱くなんて。

『夫以外が妻を抱くのは問題だが、お前は今私の体の中にいるのだ。意識がブルーノでも、体は私なのだから、王太子の顔をしたブルーノがパオラを抱く。その結果、子どもが生まれても問題にはならない』

そんな理屈が通るわけがない。

『王太子殿下、でも私は』

『ブルーノ、お前が私を裏切りたくないと考えているのはわかる。だが解呪のためだ』

王太子殿下が私を睨みつける。

『悪いのはお前じゃない。呪いをかけたジャダだ。解呪のために、ブルーノはパオラを抱き子どもを産ませる。これは命令だ』

口ではそう言いながらも、王太子殿下は私を睨み続けた。

そしてその日——フェデリカと結婚した日——の夜、自分の姿をした王太子殿下の命令で、私は王太子妃殿下を抱いた。

『意識はお前でも、体が私なのだから問題はない。子どもを授かれば、呪いは解ける』

王太子殿下のその言葉こそが私には呪いに思えたが、従うしかなかった。

すぐに彼女が身ごもれば、もう抱かなくていい。一日でも早くそうなるようにするしかない。

妻と過ごすはずの夜に、ほかの男の妻を抱く。王太子殿下の隣にいる控えめな笑顔の王太子妃は、ただただ従順に従う。私は彼女に愛しさより憐れみを感じたのだった。

——誰にとっても不幸な夜だった。

「あなたが私にそうさせたんじゃないですか」

王女殿下を睨みつけ、テーブルのグラスを掴んで床に叩きつける。

音を立てて割れたグラスの破片が飛び散り、その頬を傷つけた。だが、王女殿下は嗤《わら》い続けるだけだった。

数日後、ある夜。王太子殿下の執務室で、私は殿下とふたりで仕事をしていた。最近、いらいらしている王太子殿下を横目に書類をさばいていると、勢いよく扉を開け王女殿下が入ってきた。

「お兄様おめでとうございます」

王女殿下は、あいかわらずの濃い化粧に派手なドレス姿だった。

彼女を見ていると、毒性を持つ蛾を思い出してしまう。ミケーレ領地にはいないが、王都ではたまに見かける派手な羽の蛾だ。迂闊に触れると、蛾の持つ毒で皮膚がただれてしまう。派手な見た目で厄介な毒を持つ蛾と、王女殿下の印象を重ねてしまうのは不敬だろうか。

「何がおめでとうだ」

入室の許可を王女殿下が取らないのはいつものこと。

しかし今日の王太子殿下の機嫌は最悪で、王女殿下の失礼な態度に眉をひそめていた。

「あら、ご機嫌が悪いのですね。王太子妃の懐妊の知らせに、王宮中が喜びで溢れているというのに」

「ああ、それは私だって喜んでいるとも。やっと子を授かったのだからな」

私は悪くない、そう思っていてもギクリと体が震えてしまった。

それに気がついた王女殿下は、こちらを見てにやりと嗤《わら》う。

王太子殿下も王太子妃殿下も彼女と同じ青色の瞳に金髪だというのに、王女殿下の顔はどこか禍々しく見えてしまう。これは私が彼女を嫌っているせいなのだろうか。

「ブルーノもうれしいでしょう？」

「私ですか」

「ええ、あなたよ。王太子妃が子どもを生めば、あなたは元に戻れるのですものねぇ」

にやにやと意地の悪い嗤《わら》い方をしながら、王女殿下は私の頬を撫でた。

「お兄様、どんなお気持ちですか。子どもがやっとできてよかったですね」

「その喜びは半分でしかない。お前の呪いのせいで、私の子だとは思えない。私が妻に子を授けたとは思えないからな」

王太子殿下の声に、私は心臓をぎゅっと掴まれたような気持ちになった。

意識が私なだけで、体は王太子殿下なのだ。私は悪くない、私が望んでそうしたわけではないのだ。それでも私は恐ろしくて王太子殿下の顔を直視できない。

彼の視線を避けた先では、王女殿下が嗤《わら》っていた。

「何がおかしいのですか」

「ねえ、どんな気持ちなの。お前と王太子妃が子を授かったのに、事情を知らない皆が喜んでいるのよ。お兄様の子ができたと。ねえ、うれしい？」

殴ってやりたい。だが、そうしたら私は二度と元に戻れないだろう。ぎゅっと拳を握り、耐えるしかない私はなんて惨めなのだろう。

「ジャダ、あまり虐めるな。ブルーノはお前の呪いのせいで愛する妻に離縁されてしまったのだから」

「あら、彼女の気持ちが足りなかったのではありませんか。たった一年、夫が家に帰らなかったくらいで離縁するなんて。私ならしないわ。愛するブルーノの妻になれるなら、どんなことにも耐えてみせる」

王女殿下の耳障りな声に、私は思わず両手で耳を塞いだ。

何が愛するブルーノだ、ただ私を弄んでいるだけのくせに。私が愛しているのは、フェデリカただひとり。

「ふふ、嫌がっている振りだけ上手なのね。私をそうやって拒絶できるのも今だけよ。お前は私のもの。私の夫になるのだとずっと信じていたのに、お前が違う女を妻に望んだのが悪いのよ」

「私が愛しているのはフェデリカだけです」

机を叩き抗議の声を上げるが、その瞬間見えたのは、私の顔をした王太子殿下の冷めた目だった。

「愛しているのはあの下賤な女だけ。そう言いながらお前はお義姉様を、王太子妃を何度も何度も抱いたじゃない。子どもができるほど抱き続けておいて、愛しているのは違う女だとよく言えたものね。ねえ、お兄様。私とブルーノどちらが悪いと思う？」

にやにやと嗤《わら》いながら、王女殿下が言うのは真実だった。

「悪いのは、ジャダだろう。お前のせいで、私は……」

私は、私はなんだというのだろう。王太子殿下の言葉の続きを、私は耳を塞いで拒絶した。

「お祝いが言えたし、私は部屋に戻るわ。お兄様、お仕事はほどほどになさってね」

散々嗤《わら》ったあとで、王女殿下は満足したのか部屋を出ていった。

「王太子殿下、私は――」

「仕方ないだろう。私とお前の魂はジャダの呪いで入れ替えられてしまったのだから」

仕方がないと言いながら、王太子殿下が私を見る目は冷たい。

――体は王太子殿下のものでも、中身は私。

だから、これは浮気と同じなのかもしれない。

いいや、違う。私は望んで王太子妃殿下を抱いているわけじゃない。王太子殿下の命令だからそうしているだけだ。王太子殿下の体なのだから、これは浮気ではない。

体と中身が入れ替わっていると知らない王太子妃殿下と何度も何度も閨をともにし、そうしてやっと子を授かった。

一年間、フェデリカからの手紙を、私はいつの間にか読まなくなっていた。どうしようもないとはいえ、後ろめたくてフェデリカに手紙を出すことも読むこともできなかったのだ。

「……はい。仕方ないのです。私の意思ではありません。私が愛しているのはフェデリカだけです。私の妻は今もフェデリカです」

そう言いながら、私は心の痛みを感じていた。

「そうだ、お前は悪くない。もちろん妻も」

そう言いながら、王太子殿下は私を冷たい目のまま見つめる。

呪いを受けた日からずっと、彼はその目で私を見ていた。彼が私を許せないのだと、ずっとわかっている。

「はい。王太子殿下」

私は悪くない。悪いのは王女殿下だ。

フェデリカにもそう言えればよかった。そうしたらきっと彼女は離縁なんて考えずに、今も私の妻だったはずだ。優しい彼女なら理由を知れば、きっと私が王太子殿下として王太子妃殿下を抱くことを仕方がないと許してくれたはずだ。

ポケットの中にしまいこんだリボンを、くしゃりと掴む。

婚姻の誓いでフェデリカに手首に結んでもらったものだ。離縁しても捨てられず、上着のポケットに入れて持ち歩いている。未練だと言われそうだから誰にも見せていないこのリボンだけが、私とフェデリカの繋がりだった。

「離縁されても、私が愛しているのはフェデリカだけです」

王太子殿下の目を見ることはできないものの、私はフェデリカへの思いを告白したのだった。

第四章　新たな道を探して

「お嬢様、あと三十分ほどでトニエ領に到着いたしますよ。ほら、目印の木が見えてきました」

御者台に座るテリーが、御者台側の小窓を開けて私たちに声をかけてきた。

その声に窓から外を見ると、目印の木が見える。

「ああ、言の葉の木が見えるわ！　私、帰ってきたのね」

王都を出てから二週間、ようやく見えてきた目印の木に私は胸が熱くなる。

青空に届きそうなほど枝を伸ばす大きな木は、トニエ領内の至るところに植えられている『言の葉の木』。握り拳の大きさの赤い実と、大人の顔くらいある大きな葉が特徴だ。葉の裏に硬い枝などで傷をつけると、傷つけた部分だけが黒く残る性質を持つ。

「フェデリカ様、あの大きな木は本当に言の葉の木ですか？　あんなに大きなものを私は見たことがありません」

久しぶりに言の葉の木を見てはしゃぐ私に、テリーたちと一緒に御者台に座っているキリアン様が戸惑ったような声で聞いてきた。

「ええ、そうですよ。トニエ領を象徴する木です」

「象徴の木ですか……」

「紙が普及するまでは、言の葉の木の葉っぱの裏に文字を書いて、記録を残すのが一般的だっただろ」

テリーがキリアン様に言う。

「ああ！　私は使ったことがありませんが、そういう歴史があったのは知っています」

「キリアン様、学校の授業じゃないんだから、もっと砕けた感じでいいんだが」

「すみません……」

「まあいいや。現在、トニエ領では記録を残すためじゃなくて、薬の代わりとして、言の葉の木を植えているんだ。葉っぱも実も摂取し続けると体が丈夫になるんだぜ、すごいだろ」

馬車の中からふたりの会話を聞く。

テリーはなんだか自慢しているようで、私たち四人はおかしくなって、くすくすと笑ってしまう。あれではなぜ象徴の木と言われているかわからないだろう。

「テリーったら、まるで自分の手柄みたいに語ってますね」

「ロージーさん、本当ですね。でも私だって聞かれたら、あんなふうに自慢したくなっちゃうと思います。だって、あんなすごい言の葉の木の実が食べ放題なんですから」

「まあ、スーったら」

「お嬢様、どうして笑うんですか？　お嬢様だって同じですよね」

スーが拗ねた声で私を責める。

たしかに私も自慢してしまうかもしれない。

トニエ子爵家の先祖はこの木の葉と実の効能を知り、回復薬を作る仕事を始めた。それが国の薬箱とトニエ子爵家が呼ばれるようになった始まりである。

領内にたくさんの木を植えて、現在では領民は葉も実も好きなだけ採っていいとしている。

テリーがキリアン様にそう説明すると、再び彼は驚いたように声を上げる。

「へえ。それはすごいですね。でも、採り尽くされたりはしないのですか」

「たしかにこの木の葉と実は回復薬の材料になるから、他の領地の人間なら採り尽くさないか心配になるだろうな」

キリアン様の心配は当然だと思うけれど、トニエ領の領民たちはそんなことはしない。

これを食べているだけで病気知らずなのだから、体が資本の農民たちはこの木のありがたさをよく知っている。

「でもトニエ領では採取して売ろうという者はいないな。それよりも各自が使う分だけ採取して、自分の健康のために保存してるんだ」

他の領地で売る者はいるが、自分の利益を優先させて採り尽くさない程度ならば黙認している。

他の領民から見たら人を信じすぎていると笑われてしまうかもしれないが、お父様が領民の良識に任せているのだ。領民たちが健康で生活している以上の幸せはないと信じているお父様らしい判断だ。

「それでも他の領地に持っていって売ろうとする者がいないのですか？」

「そうだな。わざわざこれを売りにいかなくても、生活が成り立つ収入があるのが大きいのかもしれないな、トニエ領民は領主様が自分たちの健康のために好きに取らせてくれているのを知っているんだよ」

テリーはまた自慢げな口調で話す。こうして、お父様の気持ちを領民たちが理解していることを聞いて、私はうれしくてたまらない。

「俺たちは領主様の信用を裏切るような真似はしない。言の葉の木を大切に育てて、その恩恵を自分たちが必要なだけいただく。他の領地から盗みに来る者がいないか見張っているくらいなんだぜ」

テリーの言葉にキリアン様は感心したように「それはすごいな」とつぶやいた。

「それはほかの領地では考えられないですね。素晴らしい」

「だろ、領民の健康のためにこれを許してくれている領主様が素晴らしいんだ」

トニエ領の民は体が丈夫な者が多い。それは領内に杭を打ち土中の魔素を農作物の栄養に変換していることが関係すると思うが、言の葉の木の恩恵もあるはず。

「今見えているあの木は領内に植えられている木の中でも特別でかくてさ、トニエ領の象徴なんだ。トニエ領の者は王都から帰ってきたとき、ああ無事に戻ってこられたと、あの木を見て安心するんだ。だからあれは目印の木とも言われてる」

テリーの説明に、馬車の中で私はうんうんとうなずく。今まさに『ああ、帰ってこられた』と安堵しているのだから。

結婚のため領地を出るとき、あの木を見て、もうこの地には簡単には戻ってこられないのだと寂しい気持ちになった。でも私は帰ってきて、またあの木を見ることができた。

「お嬢様」

ロージーにハンカチを差し出され、私は我に返る。そんなつもりはなかったというのに、いつの間にか泣いていたようだ。

「驚かせてしまったわね。大丈夫よ。また、あの木を見られてうれしかっただけ」

「そうですね、私もうれしいです」

「私もです、お嬢様」

涙を拭いて言うと、ロージーとスーは泣き出してしまう。

ステラはそんな私たちを気遣うように見守ってくれている。馬車の中にしんみりした空気が漂う中、キリアン様が声をかけてくる。

「フェデリカ様、あの木の近くに行ってもいいでしょうか」

気のせいかもしれないが、キリアン様の声に私を気遣っているような優しさを感じた。御者台側の窓を開けているので、馬車の中で泣いている私たちの様子がわかったのかもしれない。

「ええ。テリー、お願いできる？」

私は涙を拭きながら返事をした。

「かしこまりました。お嬢様」

キリアン様の急なお願いで、馬車は目印の木に近づいていく。

「お願いを聞いてくださりありがとうございます」

「いいえ、私も久しぶりですから」

キリアン様には、私が離縁して家に帰るとは伝えていない。既婚者の証ともいえる結い上げた髪形をしていながら、使用人たちにお嬢様と呼ばれ実家へ戻る状況は、説明されなくても察しがいい彼なら訳ありだとわかるだろう。

キリアン様に気遣わせてしまって申し訳ないと思いながらも、その優しさがうれしい。

「到着しましたよ。これが目印の木だ」

「これが……!!　大きな木ですね」

馬車から降りた私たちは言の葉の木を見上げた。

テリーが「あそこになってるのが言の葉の木の実だが、まだ収穫時期じゃない」と指さしながら説明するのを、キリアン様はうなずきながら聞いている。

この目印の木の辺りは何もないが、ここから先はトニエ領だ。領地の境が遠くからでもはっきりとわかるように、という訳ではなく、もともと見晴らしがいい場所のためこの木が目立つのだ。

「遠くから見たときも大きな木だと思いましたが、近くで見ると圧倒されますね」

「ええ。本当に」

木の真下に立って見上げると、その大きさがよくわかる。

幹の太さは大人が三人、手を繋いでやっと囲めるかどうかといったところで、大きな葉をたくさんつけた枝ぶりも見事だ。

キリアン様は木に近づき、両手で木の幹に触れる。

「すごく生命力が強い木ですね」

「生命力が強い、ですか?」

私のほうを振り返って言ったキリアン様の不思議な言葉に、私たちは首をかしげた。

たしかにこれだけの大木なら、生命力は強いのかもしれない。だが、キリアン様は何か根拠があって言っているように感じたのだ。

「初めて使いましたが、緑の手の能力のひとつに生命力を感知する力があります」

「生命力を感知する力、ですか」

「はい。この木に触れた途端、私の手に生命力の強さが伝わってきました。フェデリカ様が使っている杭のような効果をこの木は持っているようですね。影響するのは土ではなく空気のようですが」

「そんなこともわかるのですか⁉」

キリアン様の言葉を聞いて、私は目を見張る。

つまり、この木は空気中の魔素を吸いこんでいるということ。そうだとしたら、トニエ領のあちこちに生えている木は領民の健康を守るためだけではなく、領地の魔素を減らすためにもなっていたのだ。

「そうですね。触れていると、この木の状態とどんな効果を持つのかがわかるみたいです」

それはまるで鑑定の能力みたいだ。

けれど鑑定は通常生きているものには使えない。木を切り倒した状態であればできるけれど、それでは生命力の強さはわからないだろう。

「そんなこともできるのですね」

キリアン様はうなずくと、再び両手で木の幹に触れた。

「そうですね。……その植物がどんな場所で育てるのがいいのか考えながら触れると、それもわかるみたいです」

「すごいです！　鑑定の能力ではそこまではわかりません。キリアン様の緑の手の能力があれば、今までうまく育てられなかった珍しい植物を栽培できるようになるかもしれません」

やはり鑑定と緑の手で、わかる内容が違っているようだ。

ギルド長から以前聞いた緑の手の能力で植物を自由自在に品種改良できるという話は、植物の状態や効果がわかるからこそできることかもしれない。

「私は緑の手の能力を使ってきませんでしたが、初めてこの能力を持ってうれしいと感じました」

「うれしい、ですか？」

「はい。私のこの能力が誰かの役に立つかもしれないとわかったのですから」

キリアン様の横顔しか見えないけれど、その声は明るかった。

緑の手の能力は、さすが森の民エルフの能力と言われるだけあって、素晴らしいものだと改めて感心してしまう。

「この木はトニエ領の人々を、ずっとここで見守っているのでしょうね」

「ええ、きっと」

キリアン様の隣で、私も同じように両手で木の幹に触れた。

私には薬師の能力はあっても、木の状態などわからない。それでも、キリアン様と一緒に両手で木の幹に触れて、顔を上げ大きく伸びた枝葉を見ていたら、なんだか心が安らいでくる。

「こうしていると心が落ち着きます。この木が安らぎを与えてくれるのでしょうか」

「……そうですね。フェデリカ様に久しぶりに会えて喜んでいるのではありませんか」

キリアン様がいたずらっぽく笑いながら言ってくれた。

それは心の中にすっと入ってくる。私も目印の木に会えてうれしい。あの屋敷を出てからずっと張りつめていた気持ちが、少しだけ解れたような気がする。

「ただいま」

木の幹に頬を寄せて、目を閉じる。

――帰ってきました、私はこの地に戻ってきてしまいました。

「お嬢様、お守りをお返ししませんか」

木の幹に頬を寄せたままの私に、ロージーがそっと声をかける。

「お守り、そうね！　私すっかり忘れていたわ」

私はドレスのポケットに入れていた巾着を取り出す。

「お守りを返すとは」

「トニエ領からほかの地に移り住むとき、健やかに生きられるようにと願いを込めて葉っぱをもらっていくのです。この中に目印の木の葉が一枚入っています」

巾着の中にしまっていた葉を取り出して、キリアン様に見せる。

「これがお守りですか」

キリアン様は見つめながら尋ねる。

「はい。帰ってきたときに今まで守ってくださったお礼を伝えながら、葉を千切って根元に撒くのです」

乾燥した葉を小さく千切ってから木の根元に撒き、感謝の祈りを捧げる。

「とうとう帰ってこられましたね、お嬢様」

「そうね、帰ってきたわ。仕方なく戻されたのではなく、私は自分の意志でこの地に帰ってきたの」

木の幹に手を添えながら木を見上げると、茂った枝の間から陽の光が差しこんでくる。その優しい光に目を細めていると、キリアン様が話しだす。

「この葉を道中、薬代わりにもらっていったのがお守りの始まりかもしれませんね」

「つまり薬効を期待して携帯したと？」

「ええ、きっと初めはそれが理由で、いつしかお守りと言われるようになったのではないかと」

お守りはお守りで、その始まりにどんな意味があったかなんて考えたことはなかった。

「キリアン様はおもしろいことを考えますね」

「おもしろい、ですか」

「はい、おもしろいです。キリアン様はひとつの視点だけではなく、いろいろな視点から物事を考えられるのですね」

それは今までの私にはなかったことだ。

なにせ私はブルーノ様がいなければ幸せになれないと思いこんで、ずっと悲観的になっていたのだ。もしミケーレ家で違う生き方を考えられていたら、無駄な時間を過ごさずに済んだかもしれない。

「ほかの視点から考えられるようになれば、きっと新たな道も探せる気がします」

私はあんな時間を、もう二度と過ごしたくない。

そのためにも、私は変わらなければいけないのだ。

「……新たな道、ですか」

私の事情を知らないキリアン様は首をかしげているが、私は晴れ晴れした気持ちになっていく。

——誰かがそばにいなければ幸せになれないと悲観せず、自分で道を探し、自分で自分を幸せにする。私はフェデリカ・トニエとして生きる。

「ええ、私が私らしく生きる道です。それを探してみせます！」

大木を見上げたまま、私はそう宣言した。

「……私にも見つかるのだろうか」

キリアン様は私に聞かせるつもりはなかったのか、小さな声でそうつぶやく。そして「馬車に戻ります」と言って、くるりと背中を向け馬車のほうへ歩いていってしまった。

「お嬢様、キリアン様はどうされたのでしょう」

ロージーにはキリアン様のつぶやきが聞こえていなかったようで、心配そうに私に尋ねる。

「キリアン様にもいろいろ考えることがあるのでしょう」

「そうですね。……命を狙われたばかりですし」

馬車に向かって歩くキリアン様を見つめるロージーの眼差しは優しい。初めはキリアン様を馬車に乗せるのを止めていたのに、今は彼を心配している。

テリーもそうだ、彼を警戒していたのに、一緒に御者台に乗り楽しそうに馬を操っている。

「お嬢様、何か」

私の視線に気づいたロージーが問う。

「もしキリアン様が悩んでいるようなら相談に乗ってあげてね。あなたでもテリーでもいいわ。トニエ領には彼と親しい人がいないのだから、力になってあげて」

本当は、悩みがあるなら聞いてあげたいと思う。けれど、私は彼の保護者でもなんでもないのだから、彼が話しやすい人に話すのがいい。

「お嬢様ではなく、私が話を聞くのですか」

「おかしいかしら」

なぜか戸惑っているような素振りを見せたロージー。彼女は黙ったままのスーと視線を合わせたあと、首を横に振った。

「私はただの侍女ですし、何か言われても気の利いた話ができるとは思えません。相談相手はお嬢様が適任ではありませんか」

「……そうかしら」

どうしてだろう。適任と言われてうれしいと思う。

「私が適任なんてそんなのわからないわ。……あ！　そうだ。領地内の言の葉の木もこの木と同じように魔素を吸いこんでいるのかどうか、キリアン様に確認してもらえないか聞いてみようかしら」

自分が適任かと考えているうちになぜか恥ずかしくなって、私は無理矢理に話題を変える。

「領地の中の言の葉の木を調べるのですか」

「そうよ。もし言の葉の木にそういう効果があるのなら、杭を使わなくても木を増やすことで魔素が薄くなるもの」

急に饒舌になった私を怪訝そうに見るロージーとスーの視線から逃げるようにして、馬車に向かって早足で歩きはじめる。

「キリアン様！」

御者台に座るリリクと話をしていたキリアン様に声をかける。キリアン様を伴い馬車に乗り込むと、思いついたことを早速お願いしてみた。

「効果を確認するくらいなら何本でも任せてください」

走り出した馬車の中でキリアン様は、少しもためらうことなく引き受けてくれた。

「ありがとうございます。屋敷に着いたら父に話をして、正式な仕事の依頼として契約書を作成いたしますね」

この仕事があれば、お父様はキリアン様が領地に留まるのに賛成してくれるだろう。そう考えて私は安堵する。キリアン様が領地に留まる理由ができて私はなぜかホッとしているみたいだ。

「フェデリカ様は目印の木以外も同じ力があると考えていらっしゃるのですね」

「はい。薬草は言の葉の木の近くにはほとんど生えません。それは、言の葉の木が周囲の魔素を吸いこんでいるからなのかと」

「薬草は魔素がないと育たないのですか」

今まで薬草に関わりがなかったキリアン様は、魔素と薬草の関係について尋ねる。

「ええ、普通、植物は魔素の濃い土地では育ちがよくありません。特に根菜はその傾向が強く、果樹などもいい品質の物は育ちません。ですが、薬草は魔素が濃い土地のほうがよく育ちますし、その薬草で作った薬は効果が大きいのです」

私の説明をキリアン様は真剣な顔で聞く。今後の仕事に関わってくるからだとわかっているが、それでも私の話を熱心に聞いてくれるのはうれしい。

「なるほど。私は薬草どころか畑の作物にも興味がなかったから、魔素と植物の関係など考えたことはありませんでした」

「農業に携わっていなければ、そういうものだと思います」

剣の才能を尊ぶ家に生まれては、農作物に直接触れる機会はほとんどなかっただろう。むしろ農民と一緒に畑に入る私の父のほうが、領主としては珍しいかもしれない。

「剣の才能がないのに騎士になるのを諦められなかった私は、自分の能力をどうしても認めたくなくて、意地になって庭木にすら近寄りませんでした。緑の手の能力も積極的に使おうとは思わなかったのです」

子どものころを思い出しているのか、キリアン様はつらそうな表情を浮かべてうつむく。

「しかし父は領地経営の勉強だけを私に詰めこみ、剣術の教師もつけなかったのです」

「でもキリアン様、剣を使うことはできますよね」

「はい。隠れて剣の訓練をし、見よう見まねで扱えるようになりました。それでも不意打ちで弟にやられる程度ですから、私に教師をつけなかった父の選択は正しかったのでしょう。騎士団長の息子としての世間体を気にして、父から剣は貰いましたが、飾りとしか思っていないはずです」

初めて会った日、宿に着いてからキリアン様に返した剣を彼は腰のベルトに差している。剣に触れる仕草を見ていると、彼はそれを大切にしているのだとわかった。

お父様は飾りと思っていても、キリアン様にとっては大切な剣なのだろう。

「義理のお母様や弟さんとの仲はずっと悪かったのですか」

「幼いころはよくも悪くもありませんでした。義母は特に野心もなく穏やかな人に見えましたし、弟と私を区別して育てたりする人でもありませんでした。だからこそ私は、剣の能力がない自分が家を継ぐより弟に継がせ、私は弟を助ける代官か何かになればいいと思っていました」

キリアン様はそこで一度言葉を切ると、再び口を開く。

「でも、年を重ねるにつれ私と弟の関係は変わっていきました。弟は何かにつけ、才能がないのに長男だから優遇されていてずるいと言うようになり、義母も私につらく当たるようになりました」

「そんな……家族なのに」

「家族だと思っていたのは私だけで、向こうは違っていたのです」

人の気持ちなんて家族だったとしても本当にはわからないものなのかもしれない。ずっと家族として育ってきたふたりでもそうなら、たまに数時間会うだけだった私とブルーノ様が夫婦としてやっていけるわけもない。顔を見るのも厭わしいほど嫌われていたと、察することができなかったのも当然だ。

私は成人したばかりの子どもで、彼は王太子殿下の側近として王宮で活躍している大人。

彼が本心を隠して私に求愛していても、私はそれに気がつかず、ただ浮かれて彼の気持ちを理解したつもりになっていただけなのかもしれない。

「フェデリカ様、どうかされましたか？」

ついブルーノ様のことを考えてうつむいてしまった私は、キリアン様に名前を呼ばれて我に返る。

「信じていた人に裏切られるのは、つらいですね」

キリアン様にそう言いながら、私は内心自分にも言っていた。

元夫の気持ちだけではない。

お兄様はいつまでも屋敷にいていいと言ってくれたけれど、両親がどのように考えているかはわからない。

――伯爵を信じて待ちたいのならそれでもいいが、つらいならいつでも帰っておいで、世間体なんて気にするな。

離縁の手続きをする前に、お兄様経由でお父様からの手紙を受け取った。

そこには私を気遣う言葉だけが書いてあったけれど、本当に離縁して帰ってきてしまった娘をどう思うのだろうか。

私自身悔いてはいないが、今さら不安になってくる。そんな娘を疎ましく思い、修道院へ行けと言われても仕方がないことを私はしてしまったのだ。

「フェデリカ様」

「何かしら？」

会話が途切れうつむく私に、テリーが御者台から声をかけてきた。

「領主様です」

「え？」

テリーの声に窓から顔を出すと、トニエ子爵家の屋敷の石塀と門が遠くに見えた。キリアン様と話しているうちに、こんなに近くまで来ていたのだ。

「……お父様とお母様？」

兵士が守る門よりもはるか外側に停車している馬車の前で、こちらに向かって手を振るふたりの姿が見えた。

「まさか、そんな」

お兄様が、私が帰ると鷹便で手紙を送ってくれていたのだろう。いつ着くかもわからないというのに、ふたりはずっと待ってくれていたのだろうか。

「お嬢様、旦那様と奥様ですよ」

「おふたりがお迎えに！」

反対側の窓に張りつくようにして外を見ていたロージーとスーがそれぞれ声を上げる。

「ええ、お父様とお母様だわ……」

大きく両手を振っているお父様、白い日傘を差して小さく手を振るお母様の姿が、涙でにじんでよく見えない。

離縁して帰ってきた私を疎ましく思うのではないか。そんな不安は、どこかへ消えていく。

「お父様！　お母様！」

私は馬車の窓から顔を出し、手を振る。すると、駆け寄ろうとするお父様をお母様が止めた。

「フェデリカ、おかえり～！　私の可愛いフェデリカ～！」

お父様の大きな声が聞こえてくる。何度も私の名を呼んでくれるその声がうれしくて、私は泣きながら声を上げた。

「テリー、馬車を止めて！」

すぐ停車した馬車の扉を勢いよく開き外へ出ると、私はふたりのところへ駆けだした。

「お父様、お母様！」

子どものように大声を上げ、右手を振りながら走り続ける。そして。

「「お帰りフェデリカ」」

駆け寄ったふたりに私はぎゅっと抱きしめられた。

「おふたりとも、まさかずっとここで待っていてくださったわけではありませんよね？」

ぎゅうぎゅうと苦しいくらいに抱きしめられながら聞くと、ふたりは照れたような顔をしたあと視線を逸らした。

「連絡をもらって今日あたり着くだろうと思ったら、とても屋敷でじっとしていられなくてね」

「そうなの。門番には申し訳なかったけれど、門番小屋とここを行ったり来たりしていたのよ」

領主夫妻がそんなことをしていたら、門番たちはさぞかし居心地が悪かっただろう。

申し訳ない気持ちになりながらも、そんなふうに待っていてくれたことがうれしくて私は泣き笑いの顔のまま、抱きつく腕にさらに力を込めた。

「出戻りで申し訳ありません」

「またフェデリカと暮らせるのはうれしいのだから、謝る必要はないのよ」

お母様がそう言って私の頭を撫でてくれる。

「そうだ。それに出戻りなんてそんなふうに自分を卑下するものではない」

お父様も力強く言い切る。

……どうしてみんな私にそんな優しいことを言ってくれるのだろう。

貴族の娘が離縁するというのは、一大事だ。家名に傷をつけた親不孝者と罵られても仕方ないことなのに、帰ってきてうれしいだなんて。

「お父様、お母様、ありがとうございます」

「長旅で疲れただろう。早く屋敷に戻って休もう。お前の好物をたくさん用意して待っていたよ。料理人たちがとても張り切っていたから、消化をよくする薬を前もって飲んでいたほうがいいかもしれないぞ」

「そうね。料理人たちの盛り上がり方がすごいのよ。大きな魚を塩釜焼きにすると言っていたし、キングオークの肉をとろとろに煮たシチューや、火喰い鳥の肉に木の実や野菜を詰めて丸焼きにしたものも作っていたわ。食後には数種類の焼き菓子よ。もちろんあなたが大好きな木苺のパイもあるわ」

キングオークは二足歩行の緑色の肌をした大型の魔物で、火喰い鳥は鶏《にわとり》の数倍の大きさがある魔物。

お母様が教えてくれた鳥の丸焼きは、トニエ領では昔から祝いごとの席で食べるものだった。

「まあ、お祝いごとではありませんよ」

離縁して帰ってきたのをお祝いしてはいけないと思うが、料理人たちにとっては祝うほど私の帰りがうれしいのだと言ってくれているようで、心が軽くなる。

「何を言っている、可愛いフェデリカが帰ってきたことを祝わなくてどうする」

「お父様、本当にありがとうございます」

お兄様も両親も私を甘やかしすぎだと思う。

お父様に肩を抱かれて、ふたりが乗ってきた馬車にエスコートされかけて、キリアン様たちを紹介していなかったと思い出す。

「お父様、あの、ご紹介したい方たちが」

「なんだ？」

「あの、旅の途中で怪我をされていた方と出会いました」

私たちが乗ってきた馬車のそばに立つキリアン様を手招きする。近づいてきた彼は綺麗な礼をとった。

「初めまして、キリアンと申します」

キリアン様はもう家を捨てた身だと言いたいのか、家名は名乗らなかった。でも、貴族男性がする礼で、その姿は平民には見えない。

「お父様、トニエ領でキリアン様に働いていただきたいの」

あとでキリアン様の事情を話そうと思いながらお父様の反応を窺う。すると、お父様はなぜか笑顔を浮かべながら私とキリアン様を見た。

「働き手として連れてきただけか？」

「「え？」」

私とキリアン様が首をかしげると、お父様は愛想よくキリアン様と握手し、ごまかしてしまった。理由がわからずに戸惑っていると、お母様が「フェデリカが夫候補を連れてきたのだと思っているのよ」と私に耳打ちする。

「え、お、お母様！」

「私も、彼を呼ぶフェデリカの顔を見たとき感じたの。私たちが思っていたよりもあなたが元気そうなのは、彼のおかげなのかと。彼の事情も人となりもわからないから、なんとも言えないけれどね」

思ってもいなかったことを囁くので、顔がどんどん赤くなっていくのが自分でもわかった。

夫候補、どうしてそんな勘違いをしているのだろう。私にもキリアン様にも、そんなつもりはまったくないというのに。

「もうひとり紹介します。彼女はステラ。ミケーレ伯爵家で、私にとてもよく仕えてくれていたから、メイド見習いとして来てもらいました」

赤くなった顔を誤魔化すように、慌ててステラを紹介する。

いきなり名前を呼ばれたステラは驚いた表情で、勢いよく頭を下げた。

「は、初めまして。ステラと申します。精一杯お嬢様にお仕えいたしますので。どうぞよろしくお願いいたします」

挨拶しながら何度も頭を下げるステラを、お父様もお母様も微笑ましそうに見つめている。

「ステラ、ミケーレ家でフェデリカを支えてくれたのだな。ありがとう。ふたりを歓迎するよ。私はフェデリカの父、トニエ子爵家の当主だ。これからよろしく頼む」

「私はフェデリカの母です。ふたりを歓迎します」

にこやかに挨拶する両親に、私はうれしい気持ちでいっぱいになる。拒否しないだろうと予想していたけれど、ここまで歓迎してくれるとは思っていなかった。

「詳しい話は馬車の中で聞くとしよう。三人とも馬車に乗りなさい」

「はい」

私とキリアン様とステラはお父様たちの馬車に乗り、トニエ子爵家の門をくぐったのだった。

第五章　戻ってきた幸せと後悔

屋敷に戻り、久しぶりに会う使用人たちに出迎えられた。

自分でも痩せたと思っていたが、メイドたちには私が病的にやつれて見えたようだ。彼女たちは口々に私の顔に疲れが出ていると言って、素早く疲労回復に効果の高い薬湯の準備をしてくれた。さらに、大好きな香油で手入れされて、髪と体が嫁ぐ前に戻ったように元気になった。

「フェデリカ、少しいいか」

「お父様？　どうぞ」

ゆっくりお茶でもいただいてから、キリアン様に屋敷を案内しようと考えていた私は、突然のお父様の訪れに驚きながらも私室の中へ招く。

「どうされたのですか？　……キリアン様のことでしょうか」

屋敷に向かう馬車の中で、私はキリアン様の家の事情と彼の緑の手の能力、そして目印の木の効果について簡潔に話をした。キリアン様がトニエ領に住むことを快諾してくれたが、本当はどう考えているか気になっていたのだ。

「ジラール子爵家に彼の存在が知られると困ることになりそうだが、とても頼もしい能力だと思っているよ。少し話をしただけだが、彼は悪い人間には見えない。彼さえよければ、この領地で働いてほしいと思う。あとで時間を作って話をしてみるよ」

「はい、よろしくお願いします」

「ここに来たのは、まずお前に話しておかないといけないことがあってね」

なんだろうと、私は首をかしげながらソファーに腰を下ろす。

お父様は私の対面に座り、持っていた地図をテーブルに広げた。

「フェデリカはミケーレ領の地図は見たことがあるか？」

「いいえ、私は領地に行ったことはありませんし、地図を見せてもらったこともありません。それに値しなかったのでしょう」

地図というのは貴重なもの。他領の地図を見せてもらうには、相手に信用されていないと難しい。私は婚約しても、ミケーレ領に招かれることはなかった。婚約式も結婚式も王都で行われ、彼と会うのも王都の屋敷だった。

普通なら結婚してずっと王都で暮らすとしても、一度くらいは領地に行くものだ。

「……そうか。結論から言うと、向こうの家から持参金の返金は難しいと言われた」

それはそうだろう。ミケーレ伯爵家には余分なお金はない。

お父様は話し続ける。

「白い結婚による離縁は、夫であるブルーノ様が一年間屋敷に帰ってこなかったことが原因だ。彼に責任がある」

「でも、彼が帰ってこなかっただけとも言えます。浮気ならともかく帰ってこない理由は仕事だぞうですから」

私がミケーレ伯爵家でどんな扱いを受けていたか知らない者からすれば、夫が一年間屋敷に帰ってこなかったという、たったそれだけの理由で？　と驚くだろう。

「お前には酷な話だが、隠していても仕方ないから教えておく。あとで他人から聞かされるほうがつらいだろう」

お父様の深刻そうな顔に私は息を呑む。

酷な話とはなんだろう。お父様を見る私の顔は引きつっていないだろうか。責任があると言える理由をお父様は知っているのだろうか。

「彼は王女殿下と関係を持っているという話がある。夜な夜なふたりでいる姿を見た人がいるそうだ」

その言葉を聞いて、私は目の前が真っ暗になった。

嘘だと思いたい。もう彼に未練はないけれど、彼に想い人がいるなんて知りたくなかった。

それと同時にあの手紙が思い浮かぶ。

――不相応な縁にしがみつかずに自ら退いたことは素晴らしい決断です。離縁おめでとう。

花のような甘い香りをつけ、上級の貴族でなければ使えないような質のいい便箋で手紙を書いたのは、王女殿下なのだろうか。

「お父様はどうしてそれを？」

「王都の商業ギルド長が知らせてくれた。なぜ屋敷に戻ってこなかったのか、その理由を探ってくれていたそうだ」

彼は商業ギルド長として、大勢の商人との繋がりを持っている。商人たちの情報収集能力は馬鹿にできない。貴族と付き合いがある商人も多くいるから、ギルド長が調べたことなら信憑性が高い。

でも、信じたくない。私はその噂が嘘だと思いたくて仕方がなかった。もう離縁しているのだから、彼が何を思って誰と一緒にいても私には関係ないはずなのに、誤解ではないかと、私はお父様にみっともなく尋ねる。

「彼は王太子殿下の側近です。仕事で会っているだけなのではありませんか」

「いいや。彼が王宮で与えられている部屋を王女殿下はたびたび訪ねているそうだ。それも、お前と結婚した日から」

「私と結婚した日から……」

それでは婚姻の誓いをしたあの日、ブルーノ様を呼び出したのは王太子殿下ではなく、王女殿下だったというのか。私と結婚し愛すると誓ったその口で同じ日に、王女殿下にも愛を誓ったのか。

世界がふらりと揺れた気がした。

「フェデリカ、大丈夫か」

「え、ええ。彼への想いはもう残っていませんから」

それは嘘で、私は動揺していた。

自分から離縁を申請したというのに、新たにフェデリカ・トニエとして生きると誓っても、心のどこかでまだ忘れていない。忘れられていなかった。

何か理由があったのだと信じたくて、彼が私のところに来て「すまなかった。戻ってきてほしい」と言ってくる可能性を捨てきれていなかった。

「彼が私を想っていなかったのだとは、わかっています。結局はトニエ子爵家のお金が目当てで、王女殿下との関係を隠したかった。きっとそういうことなのです」

トニエ子爵家のお金を狙い、王女殿下との関係を隠したくて私と結婚した……それなら結婚してしまえば、もう私の役目は終わりだったのだ。

意地でも泣きたくなくて、目にグッと力を入れてテーブルの上の地図を見つめる。

「フェデリカ」

お父様は静かに口を開く。

「理由を調べただけでなく、ギルド長はいい仕事をしてくれた。ブルーノ様の噂を王都に広めたそうだ。妻を冷遇し、王女と関係を持つ男として。トニエ子爵家のお金を狙ったかつ、王女殿下との関係を隠すための白い結婚だったと噂を流してくれた」

「……なんのために噂を広めたのですか」

どんな理由があろうと、白い結婚による離縁は恥だと世間から後ろ指をさされるもの。けれど、私が騙されていたことを知らずに結婚していたとしたら、恥だと言われる人は……私を騙したふたりになる。

「世間とミケーレ家に、夫に責任のある離縁だと納得させるためだ。ただ彼らミケーレ家は慰謝料も、使いこんだ持参金も払えないと言う。そこで、領地の一部をこちらへ譲渡する旨を承諾させ、王にも認めさせた」

貴族にとって先祖代々受け継いできた領地は大切な財産であり、家の誇りでもある。どんなに困窮していても、最後の最後まで領地を手放すことはしないというのに……

あの家にお金がないことはよく知っているけれど、まさかお義父様が土地を慰謝料代わりにするとは思わなかった。おそらくその誇りを捨てる選択肢しか残されていなかったのだろう。

「陛下がお認めになったと言うことは、噂が真実だとお認めに？」

いくら領主が土地を譲りたいと言っても、陛下が認めなければ領地の譲渡や売却はできない。

つまり、陛下が今回のことを認めているも同然である。

「そうだ。ミケーレ伯爵家の承諾を得てから、すぐギルド長にミケーレ領の一部をトニエ家に譲渡するための申請書類を送り、彼が陛下に申請した。ギルド長はフェデリカのためにやるのだから礼など不要だと言っていたが、王宮丸ごとでも入る魔法鞄を礼にした。タダより高いものはないからな」

とんでもない容量の魔法鞄を礼にするほどのことを、お父様はギルド長にさせたのだ。

「そんな無茶をしたのですか」

本来領地の譲渡の手続きは、当主以外はできないはず。

しかし、ギルド長がミケーレ領の譲渡申請の手続きを行い、それを通してしまったのだ。どれだけの無茶を彼がしたのか私には想像もできない。

「私もだが、ギルド長の怒りも相当なものだ。孫同然のお前を侮辱したのだからな。だからこそ彼は王女たちの噂を流したんだ」

王女殿下の噂を広めるなんて、王家に喧嘩を売っているようなもの。私を侮辱した、たったそれだけのために噂を広めるなんて……

だが、陛下からお咎めはなく領地が譲渡された。陛下がブルーノ様と王女殿下の噂は真実と認めたうえで、これで気持ちを収めよということなのだろう。

「私が離縁してまだ二週間ほどしか経っていないというのに、ずいぶん早く動いたのですね」

「噂を広めたのは、お前が離縁を申請する少し前からだ。陛下の耳にもそれが届くように、ギルド長が商人たちを使った。噂が沈静化する前に行動する必要があったから、離縁が成立してすぐに私とダニーロのふたりで伯爵家に行ったと言うわけだ」

「お兄様も一緒に行ったのですか？　そんなに簡単に行き来できる距離ではないでしょう」

お父様は簡単に言うけれど、トニエ領からも王都からもミケーレ伯爵領はかなりの距離がある。その距離をものともせずに、お父様とお兄様は行ったというのか。

お兄様がすることがあるからと私と同行しなかったのは、こういう理由があったのだと、遅まきながら気がついた。

「馬を駆った、昼夜関係なく動けば行ける距離だ」

馬車ではなく馬を使ったのだとしても、どれだけ強行軍だったかわからない。その行動力と、慰謝料代わりに土地を譲渡させた手腕に驚きを隠せなかった。

「場所はここだ。一番トニエ領に近いところだ。間にほかの領地があるから飛び地にはなるが、管理できない場所ではない」

お父様が指をさして示したところは、ミケーレ領の一番外れに流れる大きな川を挟んだみっつの村だった。

「ミケーレ領は数年前に水害にあったと聞いています、川が近くにあるこの村も被害がひどかったのではありませんか？　ミケーレ家では復興は難しいから手放したということですか」

尋ねると、お父様は眉間の皺をより深くしてうなずいた。

「金はないだろうから土地を、と言ったらすぐに承諾された。あの方は愚直なまでに真面目な方だ。先祖が守ってきた土地を手放すことは身を切られるよりつらかっただろうが、それでもそれ以外の方法はないと判断した」

お義父様が決断するまでの葛藤を思うと、胸が苦しくてたまらない。ミケーレ伯爵家の人たちに思うところはあるものの、義両親の貴族としての誇りを傷つけるような結末になってしまった。

「ミケーレ領はどこも荒れて寂れていた。宿に泊まったがオーク肉さえ準備できないほどだった。泊まり客もほとんどいないのだろう」

「オーク肉は大抵の土地で手に入るでしょう。荒れた地ならなおさらです。それを用意できないなんてありえるのですか」

オークは土地が荒れるとすぐにでてくる魔物で、手に入りやすい。王都では豚や牛の肉を得るよりも、冒険者に依頼してオーク肉を求めるほうが簡単だ。

ミケーレ領は荒れているのだから、オークはかなりの数いるはずだ。

「魔物がいても狩る者がいなければ、その肉も手に入らない」

「それでは、ミケーレ領ではオークの被害も多いのではありませんか？」

「そうだろうな。私たちが滞在している間、数を減らしてはきたが、領民たちは不安な日々を過ごしているだろうな」

そんなにひどい状況だとは思っていなかった。

冒険者はもちろん、私ですら攻撃魔法でオークを狩ることは簡単だ。容易に解体もできる。

ただ冒険者は待遇のいい町の冒険者ギルド専属として動く者が多く、寂れた田舎町にはよほどのことがなければ寄りつかないだろう。

「ミケーレ領にギルドは……？」

「昔はあったらしいが、今は商業ギルドも冒険者ギルドもない。薬師の店すらなかった」

それでは領民はかなり苦労しているはずだ。薬師がいなくてもどちらかのギルドがあれば薬を売ってくれるが、そうでなければ遠くの町に自分で買いに行かないといけないのだから。

「領地の外れまでは管理が行き届いていなかったのですね。そして村は水害で苦しんでいる」

さらにミケーレ伯爵家は馬や馬車の数も足りておらず、離れた土地を管理する代官の人数も少ないと聞いていた。領地を細かく見て回るなどできなかったのだろう。

「そうだ、生活の苦しさから夜逃げする者も多い。現状はかなり悲惨だが、その分好きに手を入れられる。譲り受ける村を帰りがけに見てきたが、オーク以上の魔物も出るようだし、ちょっと森に入るだけで珍しい薬草が大量に採取できた。あの村は薬師にも錬金術師にも使い勝手がいい場所だ」

お父様はそんな言い方をするが、私を見つめるその目はとても悲しい。

「慰謝料としてそんな大変な場所を？」

「ひどい場所をもらい受けたほうが、こちらが非難されずにすむ」

「非難、ですか？」

お父様の考えがわからず首をかしげる。一体どこから非難をされるというのだろう。

「そうだ。この国では、女性から離縁できるのは白い結婚のみ。その唯一の方法でさえ、女性が相手の家から慰謝料をもらうのは難しい。それどころか、妻が夫に慰謝料を請求するなんて図々しいと世間から言われる。この国はどうしようもない男尊女卑だからな」

お父様の説明に、私は思わずうつむいてドレスのスカートをギュウッと握りしめる。

両親が私を受け入れてくれても、世間の目は冷たい。離縁した出戻りは肩身の狭い思いをするだけでなく、慰謝料を請求することも非難されてしまうなんて思わなかった。

「私やっぱりお父様に迷惑を、ごめんなさ――」

「フェデリカに謝ってほしくてこの話をしているわけじゃない。最後まで聞きなさい」

その声は私を責めてはいない。けれど、申し訳なさから顔を上げられなかった。

「……お父様」

「大丈夫だ、迷惑だなんて思っていない。それに非難はミケーレ伯爵家に向く」

そうだ、お父様は非難されずにすむと言ったのだ。

顔を上げると、お父様はその理由を話し出す。

「王都内にはブルーノ様と王女殿下の噂、つまり白い結婚に至った理由が広まっている。夫の家が慰謝料として、水害による被害も手付かずのままの、住民が夜逃げしているような土地を押しつけたとすれば、どうだ？」

お父様が楽しそうに笑いながら、でもまったく楽しくない内容を話す。

「ミケーレ伯爵家が非難される？」

「非難まではいかなくとも、呆れられはするだろう。持参金を使いこみ、慰謝料代わりにそんな土地を押しつける。結果、それだけ困窮していたことを周囲に知られる。それは前伯爵にとって屈辱だろうな」

そこまで聞いて、私はお父様の狙いにやっと気がついた。

これはすべてお義父様たちの貴族の誇りを傷つけるためではなく、私の名誉を守るための行為だったと。

「……お父様は、私の名誉を守ってくれたのですね」

ミケーレ伯爵家でのつらい状況を手紙で家族に知らせるのは恥でしかなかった。しかし、何度夫に手紙で訴えても変わらないから、仕方なく家族を頼ったのだ。

お父様からの手紙で「トニエ子爵家の立場では嫁がせた娘にできることは少ない。だが、どうしてもだめだと思うなら家のことは気にせず帰ってきなさい。ただ正式に離縁を望むなら、一年間、白い結婚に耐えてもらうしかない」と言われて、私は耐えた。

あのとき手紙の「耐えて」の文字が滲んでいた。

手紙を書きながらお父様は泣いたのかもしれない。私の辛い状況を知り、それでも耐えてと書いたお父様は、どんな思いだったのだろう。もしかするとあの頃から私の名誉を守るための準備をしてくれていたのかもしれない。

「この程度しかできない、不甲斐ない父ですまない」

「いいえ。十分です。ありがとうございます」

出戻りを受け入れてくれただけで、本当は十分にありがたいことなのに……私の名誉まで守ろうとしてくれるなんて、私の家族は優しすぎる。

「私、お父様の娘でよかったです」

「お前は私の自慢の娘だ」

私の言葉にお父様はくしゃりと顔を歪ませて笑う。温かく、少しだけしんみりした空気がしばらく漂った。

それから再び笑顔に戻った私たちは、ミケーレ伯爵家からもらった村について話し合いを始める。

私のためにひどい状況の村を領地としたのだから、真剣に話を聞かなくては。

「村民は今どんな暮らしをしているのでしょう」

復旧作業が行われず、夜逃げする村人も出ていると言うことは、それだけ過酷な暮らしを強いられているということ。

「私たちが村に行ったとき、彼らは廃材をかき集めて作った掘っ立て小屋で暮らしていた」

お父様の言葉が重くのしかかってくる。水害で困窮していること以外、ミケーレ領の状況を私はよく知らなかった。これから冬を迎えるというのに、寒さや雨風をまともにしのげるのかわからない小屋で暮らしていたら体を壊してしまうだろう。

「今後の復旧作業のためにはより詳細な現状把握が必要だから、今、人を向かわせているところだ。領地の譲渡について、村への通達も済んでいる」

手続きが終わったばかりだと言うのに、お父様の手際のよさには驚くばかりだ。もしかしたら、あまり眠っていないのではないだろうか。

「そもそも水の被害はどの程度あったのでしょうか」

「幸い流されずに済んだものの、床上まで水が上がっていた家や半壊になっている家が多い。その修復すらされていなかった」

「被害はかなりのものなのですね」

水害から数年経っても、家すら修理できていないというのは相当だ。

「畑はなんとか作づけしているものの、土が悪いうえに魔素が濃いから育ちがよくない」

「食料などはどうしているのでしょう」

作物が育たない状況で、食料を買えるお金があるとは思えない。それでは夜逃げして当然だ。

「まともに食べられている者はいない。みな辛うじて生きている、程度だな」

「なんてこと」

「炊き出しの指示はしてあるから、今までより幾分かはマシになるだろう。それにあの地は土の魔素が溢れんばかりだ。これは飢餓を解決するにはありがたい話だ」

お父様はそこまで言って、私に答えを考えさせるように口を閉じた。

「魔素が溢れんばかり……つまり日薬草《にちやくそう》がとても育ちやすい環境なのですね。日薬草は魔素があればすぐに育ちますから」

お父様はうなずくと、地図に何か書きこむ。

「そういうことだ。食料不足は取り急ぎ日薬草で解決しようと思っている。収穫してすぐに干からびるというところは欠点だが、食べる直前に収穫すれば問題にもならない」

収穫して一時間ほどで干からびてしまうというのは、売り物としてなら問題だが、食料不足の解消のために育てさせるのだから大丈夫だろう。魔素が濃ければ種を蒔いた次の日には収穫でき、大人でも日薬草の葉二枚あれば一食として足りる。

「日薬草の葉はそのまま食べると梨のように甘いですし、煮ればほっくりとしたお芋のようで、お腹にも溜まりますから、みなさんも喜ぶでしょう。しばらくはそれだけでも暮らせますね」

「フェデリカも幼いころはよく食べていたな」

「はい、頻繁に食べていました」

小腹が空いたときに食べる物のひとつに、日薬草の葉があった。お腹が空いて喉が渇いているときにそれをかじると、お腹も満たされ水分もとれるという便利なものだった。

幼いころのことを思い出していると、お父様は地図に書きこんだ食料という文字を丸で囲んだ。

「それにしても、日薬草が日々の食料になるほど育つ土地というのは、魔物の発生が心配ですね」

日薬草が食料問題を改善してくれるのはたしかだが、魔素過剰の土地は魔物の発生数が多い。

「ほとんどの家は流されてしまったから、新たに家を建てる必要がある。とりあえず簡易住宅を建て、村の者全員をそちらに引っ越しさせた」

「簡易住宅というのは？」

「村の住人全員が住める大きさの平屋を一棟建てた。ひと家族ひと部屋になるが、雨風を防ぎ安心して眠れる造りにはしてある」

「それはお兄様が言っていたものでしょうか」

災害時用の避難所を作りたい、とお兄様は昔言っていた。火災や水害、地震などに備えて食料の備蓄以外に避難できる場所を用意したいと話していた。

「そうだ。村の住宅が建て終わり不要になったら、魔法鞄にしまえるように作ってある」

建物を魔法鞄にしまうという発想は、お兄様にしかできないだろう。発想力が本当に素晴らしい。

「煮炊きできる場所は建物の中にひとつだけで、そこで全員分をまとめて行う。そのほうが食料の管理がしやすい。それから、村の周辺には杭を打ってきた」

「そうですか」

杭を打ってもすぐに効果は出ないけれど、やらないよりはマシ。

……私にできることはなんだろう、と自問する。お父様はただでさえトニエ領のことで忙しいのだ。私も何か動かなければ。

食料と魔素の量と魔物対策が急務だろう。

「うーん……。そうだ！　言の葉の木が杭と同じ効果を持つとわかったら、木をたくさん植えるのはどうでしょうか」

杭で土の中の魔素を栄養に変えて、言の葉の木で空気中の魔素を吸いこめば、村全体の魔素が早く薄まるのではないだろうか。

魔素が濃い土地では、魔養土杭の効果が短くなるから頻繁に打たなければならないが、言の葉の木ならずっと効果が続くし、実も葉も使える。

杭を打つ場所と言の葉の木を植える場所を確認して、書きこむ。

「あとは魔物狩りですね」

「今はラルヴィが主導している。あいつも、あいつの配下たちもその辺の冒険者よりよほど腕が立つから問題はないだろう」

「叔父様が村にいらっしゃるのであれば安心ですね」

お父様の弟であるラルヴィ叔父様が村にいるのであれば、安心できる。

トニエ領の錬金術師や薬師は素材採取のために自分で森や奥地に入ることが多く、魔物を狩れるように鍛えている者は多い。その中でも叔父様の強さは別格だった。

「私も近いうちに村に行きたいです。いいですか」

話だけでは村の状況は完全には把握できない。そもそもこの村がトニエ領となった理由が私なのだから、話を聞いているだけではだめだと思った。村人たちの何か力になりたい。

「お前が村に行くのか？」

「いけませんか？　ラルヴィ叔父様の邪魔にはならないようにしますから、お願いします」

私だって魔物と戦える。

それに、私に地図を見せたのは村の復旧に関わらせるためだったのではないだろうか。

「いや、お前がそこまで興味を持つとは思っていなかった」

「どうしてですか。トニエ領になった場所ですよ。状況を聞いているだけではなく、実際に行ってみたいと思うのは当然ではありませんか」

「それはそうなんだが」

「ではどうして？」

幼いころからお父様に連れられてトニエ領内を歩き回っていた私だ。領民も彼らが住む土地も私にとって大切なものだというのに、どうしてこんなに驚いているのかわからない。

村に行くと言い出したことにお父様が戸惑っているように見えるのは、私が離縁して帰ってきた娘だからだろうか。そんな私が出歩くのは外聞が悪いと思っているのだろうか。

帰ってきてうれしいと言ってはくれたけれど、やはり恥ずかしいとも思われているのか、と考えると悲しくなってしまう。そんなことを勝手に想像した私は無言になってしまった。

すると、お父様は私の様子を見つめたあと小さくため息をついてから口を開く。

「お前はミケーレ伯爵領に行ったことがなかったのだろう？　それなのに今回は村に行きたいと思うのか？　お前は領地のことを何も知らなかった、知ろうともしなかった。そんな状況ではなかったと言えばそれまでだが」

「……お父様」

私は自分から領地について学ぼうとは思わなかった。お義父様から話を聞くことも領地に行こうともせず、ミケーレ領のためにトニエ子爵家の力を借りようともしなかった。

「前伯爵もお前に何も望まなかった。嫁いだ人間を、一度も領地に招こうとしなかった。金をもらうことが何より必要だったのだろう。錬金術師で薬師の嫁を、ただ金を生む者としか見ていなかったのは彼らの落ち度だ。それはお前が気に病むことではない」

その口調は私を責めるものではなかった。

ただ、嫁いでも領地に足を向けなかった私に対して何か思うことがあるようだ。

「少なくともお前が嫁いだおかげでいくつかの橋と道路は新しくできた。それを喜ぶしかない」

「はい」

お父様の口調は私を責めてはいないが、私は自分の不甲斐なさにうなだれてしまう。

嫁いでミケーレ家の一員になったという自覚が足りなかった。いえ、まったくなかった。

橋や道路を新しくしたことは知らなかったし、そもそもトニエ家からのお金の使い道を聞こうとも思わなかった。

「お前が伯爵領で暮らしていればと思ったよ。悲惨な状態を見れば、お前は必ず動いたのだろう」

「私は自覚が足りなかったのかもしれません。ミケーレ家の一員、領主の妻として自覚してもっと行動していたら……もっともっと私にできることはあったはずです」

はたして動いただろうか。自分だけがかわいそうだと嘆き悲しんでいた私が、本当にそうしたかはわからないが、行動していてほしいとは思う。

「人ができることなど限られている。それが非協力的な人間しかいない環境でならなおさらだ」

私にはできることがあったのに、それを私はしなかった？

悔やんでも、今さら気がついても遅いのはわかっている。私はうなずくことしかできなかった。

「フェデリカ、悔やむなら新しいトニエ領民のためにお前の能力を使いなさい。お前は優れた錬金術師で薬師だ」

新しいトニエ領の民、彼らはフェデリカ・ミケーレだった私の民。私が結婚前にトニエ領民を思ってきたのと同じく、大切に守らなくてはならない民だったのだ。何もしてこなかった自分が恥ずかしくてたまらない。

「はい」

「父としては、ゆっくり体を休めて何も考えずのんびりしてほしくもあるがな」

お父様は体を乗り出し、羞恥にうつむく私の頭にポンと手を置く。そして、そのままぐしゃりと私の髪を撫でた。

「お父様」

「悔やむことは誰にでもある。あのときああすればよかったと何度も何度も後悔する。私だって完璧だったわけではない」

幼い子どもにするように私の頭を撫でるお父様は、幼いころ、私を叱り諭したときと同じ表情をしていた。

「後悔は学びだ。愚かな者は悔やむことすらしない。後悔しても――」

「後悔しても次に活かせばいい？」

何かに失敗するたびに言われてきた言葉だった。

「そうだ。できるか」

「はい。必ず」

「では、数日ゆっくりと体を労わり休みなさい。まずはそれからだ」

不出来な娘をお父様は甘やかそうとしてくれる。私は幸せ者だと思う。

「それは仕事をしながらでも十分できますわ。食事もおいしいし、信じられる人たちがいる場所で安心して眠れるのですから。だから、村へ行く準備をしてもいいでしょうか」

「無理をしないなら」

お父様は座り直して、地図を畳みながら許してくれた。

安心できるこの場所で暮らせるのだ。領主の娘として新しい民のためにできることをしていこう。

「私、精いっぱい働いて村の復旧の役に立てるように頑張ります」

何もしてこなかった。そんな後悔を二度としないように、私は自分ができる限りのことをしていこうと誓った。

第六章　優しさに守られて

トニエ領に戻ってきて数日過ぎたある日の朝。

「後悔を活かす……なんてお父様に言っていたのに」

私は反省とともにベッドから起き上がった。家に帰ってきたことで気が緩み、今までの心労が一気に出てしまったのか、私は熱を出して寝こんでいたのだ。

お父様特製の疲労回復と解熱効果のある薬湯を飲みながら、うつらうつらと眠り続け、少し怠さは残るもののやっと元気になった。

「キリアン様のお相手もせずに、私ったら」

後悔しながら、ベッド脇にある棚の上に置いた水差しから水をコップに注ぐ。それを飲んでから、室内履きを履いて窓際に向かった。

「いい天気」

カーテンを開くと朝日が差しこんでくる。その眩しさに目を細めながら窓を開けると、風を切るような音がかすかに聞こえてきた。

「……キリアン様？」

窓から身を乗り出して音がしたほうを見ると、キリアン様が素振りをしている。

「努力家なのね。それに人当たりがよくて真面目な方みたい」

私が床に伏している間に、キリアン様は屋敷の使用人たちとすっかり仲よくなったと、ロージーから聞いている。彼は率先して薪割りや馬の世話などを手伝っているそうで、子爵家の嫡男として育ったとは思えない働きぶりだと、お父様も驚いているようだった。

「着替えて挨拶に行きましょう」

この領地に来るように誘った本人が寝こんでいたのだから、キリアン様はもしかしたらはじめは居心地が悪かったかもしれない。謝罪して、数日間過ごしてみた感想を聞こうと決め、私は急いで身支度を始める。

——コンコン。

「お嬢様、お加減はいかがですか」

タンポポ色のシンプルなドレスに着替えていると、小さく扉を叩く音とともに私を気遣う声がした。

「スー、おはよう。入っていいわ」

「おはようございます。お嬢様、よかった……顔色がよろしいですね」

「心配かけてごめんなさい。もう熱もないみたいだし大丈夫よ」

「安心しました。お嬢様、私に髪を結わせてください」

「ええ、お願い」

いつも髪を結うのはロージーの役目だが、一緒ではないようなので、スーにお願いすることにした。

「結い上げますか、それとも……」

既婚者であれば、髪はすべて結い上げるのが普通だ。旅の間もそうしていたが、もう離縁した身であるし、私の年齢なら下ろしていてもおかしくはない。けれど、そう言いだす勇気がなかった。

「うーん。いろいろやりたいこともあるし、下ろしていたら邪魔になるかもしれないわ」

髪を下ろすことになんとなく引け目を感じて言い訳する。

「では低い位置でひとつにまとめて、おリボンを結びましょうか」

「そうね」

スーに返事をしながらも、離縁した身なのにリボンなんてつけていいのかしら、と私は卑屈な考えをしてしまう。

髪を結って外に出ると、キリアン様はすでに素振りを終えていた。

「おはようございます。キリアン様」

「フェデリカ様、おはようございます。お体の調子はよくなりましたか」

「ええ、おかげさまで。ずっとお相手できず申し訳ありません」

旅の間結い上げていた髪型を変え、急にリボンでひとつに結っているのはどう思われるだろう。私は少し緊張しながら、寝込んでいたことを謝罪する。

ミケーレ伯爵家の使用人たちを気にして着飾っていなかった私は、タンポポ色の共布で作った幅広のリボンをつけて華やいだ気持ちになっているけれど、浮ついたように見えてはいないだろうか。

「長旅の疲れが出たのでしょう。気にしないでください。優秀な薬師がいるとわかっていても寝込まれていたので心配していました。元気になってよかったですね」

私の心配をよそに、キリアン様は心配してくれる。ずっとほうっていたようなものなのになんて優しいのだろう。

「ありがとうございます。あの、キリアン様、その服は兄のものでしょうか」

「ええ、まだ町に行っていないので買い物もしておらず、お借りしたままです」

荷物を何も持っていなかったキリアン様は、間に合わせでお兄様の服を着ていた。しかし彼のほうが背が高いのだろう、服が少しだけ窮屈そうだ。

「そうでしたか。この町の仕立て屋は、少しですが既製服も置いています。簡単なものでしたら私が仕立てることもできますが」

夜会で着るようなドレスはさすがに無理だが、普段着であればお母様も私も自分で好きな布を買って仕立てることもある。

「いつまでもお借りしたままではいられませんから、今日あたり町に行ってみようかと思います。私は体が大きいから既製服は難しいかもしれませんが」

苦笑しながらキリアン様が両手を伸ばすと、袖が少し短い。長身だから、そのぶん腕も長いのだろう。

「その袖丈では動きにくいですね」

「……はい」

くすくすと笑いながら指摘すると、キリアン様は恥ずかしそうに頭を掻く。

「では、テリーかリリクに案内をさせましょう」

「場所を教えていただければひとりで行けますよ」

「簡単に町を案内させようかと思ったのですが、不要でしたか」

キリアン様はこれからこの町で暮らすのだ。トニエ子爵家に縁がある者だと、町の人たちにさりげなく知らせておきたいと思っていた。ある程度の情報を先に周知しておくほうが、変な憶測を呼ばずに済むからだ。

……本当は私が案内したいけれど、キリアン様は嫌がると思う。

それに、町の人たちが私をどう見るかわからないので怖い。お父様たちも、離縁して戻ってきたばかりの私がトニエ子爵家の客人とはいえ、独身の男性と出歩くのはいい顔をしないと思う。キリアン様に私の離縁の話はしていないけれど、訳ありなのは気がついているはずで……

「案内、もしよろしければフェデリカ様にお願いできますか」

「え？　私ですか？」

私の葛藤を知らないキリアン様から突然お願いされて、思わず聞き返してしまった。

「フェデリカ様がお嫌でなければ」

躊躇なくそう言われて、私はついキリアン様を軽く睨んでしまう。

そういう言い方はずるい。断ったら私が嫌がっているみたいじゃないか。

「私は病み上がりなので、……護衛と一緒であれば」

「ぜひお願いします。それでは私は汗を流してきます」

キリアン様はうれしそうに去っていく。

「……何を着て行こうかしら」

浮かれているわけではない……はず。久しぶりに町の人たちに姿を見せるのだから、おかしな恰好はできないと思っただけだと、自分に言い訳する。

お父様たちが門の近くで待っていたのだから、私が帰ってきたと知っている者は多いだろう。つまり、離縁したと察しているはず。

「どんな目で見られても平気よ。私、この町で暮らすって決めたのだもの」

つぶやいて自分を励ます。同時にキリアン様の前で変な目で見られたくないと思う気持ちも芽生えていた。


数刻後。

「無事に服が買えてよかったですね」

「はい、ありがとうございます」

朝食のあと、お父様に外出許可をもらった私たちは護衛としてテリーも連れて、町の仕立て屋に向かった。体格のよいキリアン様に合う大きさの服は二着しかなく、選ぶ余地がないと苦笑しながらも、それを購入し店を出た。

「キリアン様はかなり鍛えてるんだな」

「そうかな、テリーも鍛えているのだろう」

「いや、胸板の厚さが全然違う。上背もあるし、うらやましいぜ。今度手合わせしてくれよ」

キリアン様とテリーはだいぶ親しくなったのか、くだけた口調で会話している。テリーはキリアン様と同じ目線になるようにふざけて背伸びしながら歩いているが、まったく届きそうにはない。

「お嬢様なんて見上げないと話せないだろ」

テリーの言葉が耳に入り、たしかに私は見上げるようにして話をしているな、と思った。

ブルーノ様と比べたらかなり身長差があるのではないだろうか。彼はそんなに背が高いわけではなく、男性にしては細身のほうだった。

そこまで考えてハッとする。……私、何を比べているのだろう。

「お嬢様？」

「フェデリカ様、どうかしましたか？」

立ち止まってしまった私のほうをキリアン様とテリーが振り返り、心配そうな表情で尋ねてくる。

「い、いえ、懐かしくてつい立ち止まってしまっただけ」

まさかブルーノ様とキリアン様を比べていたとは言えずにごまかす。

再び歩きだし、市場のある通りにつく。売り子の活発な声が響くその雰囲気に、懐かしい気持ちでいっぱいになる。

そのとき、懐かしい声が耳に届く。

「あれ、フェデリカ様じゃないの」

「本当だ、フェデリカ様だぁ」

「わあ、お久しぶりです。フェデリカ様」

幼いころから知っているパン屋のおばさんの声に続き、次々と周囲の人たちから声が上がった。

「お元気でしたか？　フェデリカ様」

「ええ、おばさんも元気そうね」

私の離縁のことはもう町中に噂が広まっているだろうに、それでも私の記憶と同じ笑顔で話してくれるおばさんの気持ちがうれしい。ただ、出戻ったばかりの私が着飾るなんて浅ましいと思われてしまわないだろうかと、つい髪を結んだリボンを外そうと手を伸ばした。

しかし、思い留まる。リボンを髪に結んで堂々と笑っていてもいいはず、と思い直しておばさんに微笑んでみせる。

「私、戻ってきちゃったわ」

うまく笑えているだろうか。

不安になりながらそう言うと、おばさんは「お帰りなさい、フェデリカ様。私たちのお嬢様にまたお会いできてうれしいですよ」と返してくれる。

その瞬間、私は胸に熱いものがこみ上げてきた。

「出戻りでもそう言ってくれるの？」

声が震えてしまう。だってこんな風に言って貰えるなんて思ってもいなかったから。

「私たちの大事なお嬢様を出戻りなんて言う馬鹿もんがいたら、私が殴ってやりますから！」

「そうですよ。フェデリカ様を馬鹿にするやつはあたしも蹴ってやります」

「お嬢様お帰りなさい！　お嬢様がいなくてみんな寂しかったんですよ！」

こんなふうに迎え入れてくれるとは思ってもいなかった。貴族でも平民でも離縁するのは大事《おおごと》。離縁した女性は蔑みの目で見られるというのに……

「ありがとう、みなさん。また仲よくしてもらえたらうれしいわ」

なんて優しい人たちなのだろうと、胸がいっぱいになった。そのあとも町の案内をしていると、行く先々で町の人たちはみな昔と同じく接してくれたのだった。

案内をひと通り終えて馬車に乗り込んだ私と、向かいの座席に座ったキリアン様。

「あなたはみんなに愛されているのですね」

「領民はみな優しいので気を遣ってくれたのでしょう。ですが、離縁して戻ってきた私を迎え入れてくれてうれしかったです」

「領民があなたを大切に思うことと、離縁して戻ってきたことは関係ないはずです。元気なあなたの姿を見て、本当にうれしかったのだと思いますよ」

それは意外な言葉だった。

「キリアン様は、偏見はないのですか」

この国の貴族は離縁した女性を蔑みの目で見る人がほとんどだと私だって知っている。お父様やお兄様のようにずっと家にいてもいいなんて言う人は稀で、大抵は修道院に入れるか後妻として年齢の離れた男性に嫁がせて厄介払いしようとする。それだけ恥ずべきことなのだ。

「偏見ですか」

「ええ、離縁して、そういう目で見られる覚悟はしていました」

「フェデリカ様は見知らぬ私の治療をしてくださった。とても勇気ある優しい方だと思います。離縁しているからといって、見方を変えろと言われても困ります」

これはキリアン様なりの慰めなのかもしれない。

「優しくなんてありません」

「そうですか、でも私はあなたの優しさに助けられました」

私こそキリアン様の優しさに今助けられた。心臓をギュウと掴まれたような気持ちになる。

離縁をしたことで卑屈になっていた私は、領民とキリアン様の優しさに救われたのだ。

どうやってみなさんにお返しをしたらいいだろう。私にできることは何かあるだろうか。

「ありがとうございます。キリアン様」

「お礼を言われることはしていません。私は思ったことを言っただけですから」

謙遜するキリアン様は優しい方だ。

——悔やむなら新しいトニエ領民のためにお前の能力を使いなさい。

不意にお父様から言われた言葉を思い出す。

そう、自分ができることをする。領民のために力を尽くす。私があの村のために何ができるか、トニエ領のために何ができるか。

卑屈になっている暇なんてないと、私は自分の役割について考えはじめた。

翌朝。

「キリアン様はいつも素振りをしているのかしら」

いつもより早く目を覚ましてしまった私は、ロージーたちが来る前にそそくさと身支度を済ませて庭へ向かった。

昨日のキリアン様の優しい言葉が忘れられなくて、うまく眠れなかったのだ。目を閉じるとキリアン様の顔が浮かんできてしまった。

「剣の能力がなくても、ずっと剣の腕を磨いたと言っていたわね」

剣の能力がある弟さんと自分を比べながらも剣の腕を磨いた日々が報われなかったのだと思うと悲しくなるが、私には今さらどうすることもできない。

「あら、この音……？」

昨日キリアン様が素振りをしていた場所に近づくと、素振りではなく、剣を打ち合う音がした。

「いったい誰が？」

柊《ひいらぎ》の木の陰からそっと窺うと、キリアン様とテリーが剣を打ち合っているのが見えた。カンカンと音を立てながら、時折テリーが悲鳴を上げる。

「ほら、脇が甘い。そんなことではすぐに殺《や》られるぞ！」

「キリアン様、ちょっと手加減」

「お前が本気で来いと言ったんだろう」

いつもこうやって訓練しているのだろうか。そう言えば、テリーが昨日手合わせをしたいと言っていたと思い出す。

「わかった、俺も本気でやる」

キリアン様の気迫を受けて、テリーは剣を振る速度を上げる。

「すごい！　キリアン様、なんて凛々しいの」

昨日、町を歩いているときのキリアン様は優しい口調で私と話をしていたのに、今はそんな姿はどこにもない。真剣に剣の腕を上げようと努力してきた方なのだろうとは思っていたが、こんなに凛々しくて素敵だとは知らなかった。

「……私、何を」

今、何を考えていたのか。なんてはしたないことを考えていたのだろうか。

「私、馬鹿だわ」

私は離縁して家に戻ってきた。そんな出戻りの私が覗き見して、そのうえ彼を凛々しいと思うだなんて。

はしたないどころか、自分の立場を忘れて浮かれている恥知らずだわ。

赤くなった頬を押さえながら、私は情けない気持ちで屋敷の中へ逃げ帰ったのだった。

第七章　ふたりの行く道

トニエ子爵家に戻ってきてから三か月。

「本当に荒れているわね。ひどいわ……。まともに建っている家がひとつもない。森の手前に積んであるのは廃材？」

ようやく私はキリアン様とロージー、ステラ、スー、そしてテリーを伴って、元ミケーレ領の村に来ることができた。

本当はもっと早く訪れるつもりだったけれど、再び体調を崩し一ヶ月ほど寝たり起きたりの日々を送った。そのあとも私を心配した周囲が遠出を許してくれず、ずるずると今日まで過ごしてしまったのだった。

――悔やむなら新しいトニエ領民のためにお前の能力を使いなさい。

ベッドの中で日々を過ごしながら、お父様に言われた言葉を繰り返し考えていた。

あのときお父様は私を責めはしなかったが、日が過ぎるにつれて、なぜ自分の境遇を悲観して自分のことだけしか考えていなかったのだろう、という考えばかり思い浮かぶようになった。

……自分がこれからできることはなんだろう。王都のミケーレ伯爵家で何もできなかった、してこなかった私にできることはなんなのだろう。

その答えは出ないまま、トニエ子爵家の娘として領民の役に立ちたいという思いばかりが募っていた。

そうして、私は精いっぱい力を使って役に立ってみせると、意気ごんで村に来てみた。しかし。

「ひどい、そう思いますか？　これでもだいぶまともになったのですよ」

キリアン様の言葉に私は返事ができない。村の想像以上のひどさに怯えてしまっていた。

何度も村に来ていたキリアン様にとって、これはすでに見慣れた光景なのだろう。驚いている私を見て「フェデリカ様にもっと詳しくお話ししておけばよかったですね」と慰めてくれる。

けれど、私の動揺は収まりそうになかった。

「話に聞いていても、私は被害をまったく理解できていなかったのですね」

キリアン様は、村から戻るといつも私に話を聞かせてくれた。少しずつ村が復旧していく様子を聞くのがうれしくて、私も早く元気になって復旧作業に加わりたいと願っていた。

きっと私も役に立てる、そう信じていたのに、現実はそんな甘いものではなかったのだ。

「顔色が悪いです。馬車に戻ったほうがいいのではありませんか」

「いいえ、大丈夫です。この目で村の状況を見なければ」

「そうですか。では、村を案内しましょう。体調が悪くなったらすぐに言ってくださいね。まずはあそこに向かいます」

キリアン様は私にそう言うと、遠くにある建物を指さす。

彼は私の動揺に気がついているのか、男女の適切な距離を取りながらも私に言葉をかけ気遣ってくれている。

「あそこにある横に長い建物が、現在、村人たちが暮らしている場所です。今はまだ一家族一間という、決して十分ではない環境ですが」

「そうですか。あの緑が広がる場所は？」

村が一望できる丘に立ち、キリアン様に説明を受ける。

雑草すらほとんど生えていないむき出しの地面は、住居があった場所と畑の場所の区別すらつかない。緑が広がる一部の場所とそれ以外が違いすぎて、キリアン様が言う『これでもだいぶまともになった』とはとても思えない。

……私はあまりにも無知だ。トニエ領は私が生まれてから水害などにあったことがなく、貧民もほとんどいない。ひと目で荒れているとわかる場所を見たこともなかったのだから、話だけで理解などできるはずがない。

「あの緑色のところが薬草畑です。ここからだいぶ離れていますが。あの辺りの魔素は濃くて、杭を打っても一ヶ月も経たずに効果がなくなるほどですし、効果の範囲も狭いようです」

「半年前には、父から普通の作物もなんとか作づけできていると聞いていたのですが」

「無理矢理作物を作っていましたが、収穫したものがあまりにもひどすぎて、畑の土を作り直すまで薬草のみの栽培に変えたのです。これは先日当主様にも報告したばかりですから、フェデリカ様は知らされていなかったのでしょう」

驚く私にキリアン様は丁寧に教えてくれるが、その顔は少し不機嫌そうに見えた。普段は見せないそんな表情を浮かべて、どうしたのだろう。

「ラルヴィ様から改良した杭をたくさん預かってきました。今日はそれを村の中に打つ予定です」

「叔父様が改良した杭は、ここで使うつもりだったのですね。私もかなりの数を製作しました。杭で村の中の魔素を吸い取り、薬草栽培の畑に魔素を集めるのですよね。叔父様は蓄魔杭《ちくまぐい》と名前を付けたそうよ」

今までの魔養土杭は魔素を土の中から吸い取り、そのまま土の栄養に変化するように作られていた。

ラルヴィ叔父様が改良した蓄魔杭は、空気中と土の両方から魔素を吸い、杭の中に溜めておけるようにしたもの。一定量まで魔素を溜めた杭を任意の場所に打ち直すことで、杭に溜めた魔素を土の中に流しこめる仕組みになっている。

魔素が濃ければ濃いほど効果の大きい薬草が生えるため、結果、薬草栽培に適した土になるというものだった。

「そうです。ラルヴィ様がおっしゃるには、そのほうが魔素を容易に集められると」

叔父様は言の葉の木の空気中の魔素を吸いこむという効果から、杭も土の中だけでなく空気中の魔素を吸いこめるようにしようと思いついたのだ。

「あの薬草畑の辺りは、森を伐採して作った土地です。村人がもともと持っていた農地は彼らが生活するうえで必要ですからそれぞれの財産として残しています。最終的にはトニエ子爵家管轄の者だけではなく、村人たちも働いて現金収入を得られるように考えています」

「お父様から聞いていています。すでに土盛も区画整理も終わっているのですよね」

「ええ。本格的な冬が来る前には家も建て終わるでしょう。まだ農作物は育てられませんが、蓄魔杭を使えば、春になるころにはまた作づけできるようになるはずです」

「それはよかった」

明るい話題を聞いて、私は胸につかえていたものが少しなくなったような気持ちになる。

「よかった。そう思いますか？」

「ええ、思います。だって領民が幸せに暮らせるように動くのが、領主の家族である私の役目ですもの」

「そうですか」

そのときキリアン様は一瞬、私に対して呆れたような表情を浮かべた。

キリアン様は貴族の嫡男として育ってきたためだろう、あまり感情を表には出さない。しかし、なぜか今そんな顔をしたように見えた。

それに、先ほど不機嫌そうに見えたのも気になっていた。

「何か……？」

「そう思うのに……いえ、忘れてください」

言いにくいことなのだろうか。キリアン様はそう言うと、私に馬車に乗るように促した。

「キリアン様、何か思うことがあるならおっしゃってください。……先ほどキリアン様は、私に呆れていたように見えました」

伯爵家にいたころの私は人の悪意に敏感で、悪意を受け流すことなくすべて受け取ってしまい苦しんできた。悪意を少しでも向けられると心が乱れてしまう。どうしてそんなふうにするのかと、悲しみばかりが先行して自分がすべて悪いのだと思いこんでしまうのだ。

結婚前と比べて、人の心の動きには敏感になったと思う。

「そういうつもりではないのです。不快にさせてしまったなら申し訳ありません」

「いいえ。でも、話してはいただけませんか？」

私は何をしてしまったのだろう。彼に悪感情を持たれた動揺で、少し強い口調でお願いしてしまった。

「少し考えてしまっただけで、呆れていたわけではありません」

「考えたというのは？」

「トニエ子爵がこの地を譲り受けたとき、村には老人と体の弱った男性ばかりで、若い女性と子どもの姿はほとんどありませんでした」

キリアン様が何を言いたいのか、私はわからずにただ静かに聞く。

「家を流されたあと、廃材をかき集めて建てた掘っ立て小屋で暮らしていた彼らは、食べる物も満足になく、体力が尽きて多くの子どもは命を失いました。女性は……」

身売り、その言葉が頭に浮かぶ。

「あそこに見えるのは村の墓地です。ほとんどが新しいものです。領主が代わり、これからは食べる物に困るなんてことがないようにしていくとトニエ子爵が話すと、『新しいご領主様が悪いのではないとわかっています。でも、なぜもっと早くそうしてくれなかったのか』と嘆く村人が大勢いたと聞きました」

……そんな話、お父様から聞いていなかった。水害でひどい状況だったと、それだけだった。

「フェデリカ様は結婚されていた一年間、ミケーレ伯爵領について何も感じることはなかったのでしょうか」

キリアン様が何を言いたいのか、私はすぐに気がついてうつむいてしまう。

彼は私を責めているわけではない、ただの疑問として聞いている。

彼はお父様と同じ気持ちだったのだ。ミケーレ伯爵に嫁いでいたのに、なぜ民のために何もしてこなかったのか。

それなのに、なぜ今はそれが役目だと言っているのかと。

「先ほど領民が幸せに暮らせるよう動くのが役目だとおっしゃいましたが、過去にはそう思われなかったのかと」

私の発言が、態度が、キリアン様の機嫌を損ねさせるのは当然だった。機嫌を損ねる、いえ、それ以前なのだろう。私の態度が彼には疑問でしかなかったのだ。だってあまりにも矛盾しすぎている。

「何も知らないくせにっ！」

そのとき、私の隣に立っていたロージーが抗議の声を上げる。

「ロージー！」

「申し訳ございません、お嬢様。侍女の立場でこんなことを言うのは間違っています。あとで旦那様からお叱りと罰はいくらでも受けます。ですが、言わせてください。お嬢様がどれだけひどい目にあっていたのか、どれだけ虐げられていたのか。それを知らずに責めるなんてひどい……」

ポロポロと涙を零しながら話すロージー。

私は彼女の主《あるじ》として情けない気持ちになってしまう。

彼女を泣かせたのは、キリアン様ではなく私。私が不甲斐ない主《あるじ》だから。

キリアン様の言葉は正しい。私は貴族の妻としても領主の妻としても失格だった。

「ロージー、いいのよ。私は何もしなかったわ。自分の不幸を嘆いて、私を忘れてしまっただろう夫に読んでもらえているかもわからない手紙を送り続けただけ」

それ以外、私は何もしていなかった。貴族の家に嫁いだというのにその家の対応に問題があるからと自らの役目を何も果たさず、お金を出しているのだからいいだろうと、日々泣いて過ごしただけ。

「私が一年という時間を無駄にせず、ミケーレ伯爵夫人として、トニエ子爵家に協力を仰いででも領地復興に努めればよかったの。いいえ、そうするべきだったのよ」

あのころの私はそういう気持ちにはどうしてもなれなかった。毎日がつらくて、周囲の悪意が悲しくて、誰も彼もが敵に見えた。ミケーレ家の人間など誰ひとり信じられなかった。

「ミケーレ家の人たちがみな敵に見えて、会ったことすらないミケーレの領民もその対象だったのよ。冷静になれば、領民になんの罪もないとわかるのに――」

「お嬢様は悪くなんか」

真っ赤な目でロージーは私の言葉を遮った。

「ロージー。いいのよ。私、あのとき負けていてはいけなかったのよ。白い結婚は恥だからお義父様たちには内緒にするようにセバスから言われて、それを受け入れてしまった。使用人たちに虐げられていることも義理の両親に一回しか相談しなかったわ」

セバスに言われるまま、白い結婚は隠さなければいけないと思ってしまった。夫に見捨てられた恥ずべき存在だから、相談しても無駄だと諦めてしまった。だからこそ、白い結婚の話をしたらお義父様たちも私の敵になる。いえ、もう敵だと思いこんでいた。

「少なくともおふたりは、息子が白い結婚を私に強いていると知ったら私ではなくブルーノ様が悪いと言ったはずよ……決して私を罵ったりはしなかったでしょうに」

私はお義父様たちを信じられなかった。ミケーレ伯爵家の使用人たちと同じ、いいえ、それ以上の敵だと思いこんでしまっていた。

心に黒い靄がかかっていて、正常で前向きな考えが思い浮かばなかった。それでも、領民のために何かはできたはずだ。

「すでに離縁したのですから、トニエ領となったこの村は救えても、なんの縁もないミケーレ領に手を貸せない」

私が何をしてしまったのか、後悔してもすでに遅い。嫁いだ私からの収入もなくなってしまったミケーレ家はさらに困窮し、復興どころではなくなっているだろう。

領民の苦しみを思うと、私は離縁なんてしてはいけなかったのだ。

「過去の行いを悔いても、今さらどうすることもできません。ご存じですか？　トニエ子爵は、魔養土杭を密かにミケーレ領に打ち、魔物の発生を抑えるようにしています」

「……お父様が⁉」

ほかの領地なんて、旅の途中の道に杭を打つのとはわけが違う。杭は効果がなくなれば土に還るとは言っても見つかれば何を言われるかわからない行いだ。

「ええ。復興資金の融資の話もされたようですが、これはミケーレ前伯爵から断りがあったそうです。ですから、せめてミケーレ領民が魔物に怯える日々がなくなるようにと」

「お父様が、そんなことを。……私、どうしようもない娘ね」

涙が溢れて止まらない。勝手に出戻ってきた娘だというのに、お父様は私を受け入れてくれたうえ、杭を打ち融資の話まで行ってくれていた。

「そんなふうに言わないでください。私が悪かったのです。あなたを傷つけるとわかっていて、あんなふうに言ってしまったのですから」

「いいえ。キリアン様の発言は貴族として正しいものです。領主としての責任を知っている方の正しい考えです」

緑の手の能力のせいでキリアン様は家を継げず、実の弟に命を狙われ、故郷を離れた。しかし、次期領主として、教育を受けていた人なのだ。そんな彼からすれば、私の愚行は疑問以外の何物でもない。

「キリアン様にはっきり言っていただいて、私は目が覚めました」

お父様と話したときに私は自分の行いを悔いた。だが、ただそれだけで、私が何もしなかったことで失われた命があるなんて考えもしなかった。

領主の動きひとつで領民の命が失われてしまう。民の幸せのために働くのが領主だと言いながら、私は責任の重さを理解していなかった。

「私、ミケーレ領民にできなかったぶんもこの村のために働きます。キリアン様、民が幸せになるために一緒に頑張らせてください」

私の心は弱くて、ひとりでは頼りなさすぎるだろう。

立ち止まってしまうとき、道に迷ってしまうときに一緒に歩く人がいたら、私はきっと歩みを止めずにいられる。

——一緒に歩く人は、私にこうして言ってくれたあなたがいい。そう思う。

「もちろんです。微力ながらお力になれるよう努力いたします」

微力と言いながらも、胸を張り、村を見下ろすその姿はとても頼もしい。

過去の愚行すら言われなければ気がつかなかった私とは違って、彼は尊敬に値する方だ。

「ありがとうございます。キリアン様」

「村に行きましょうか。することはたくさんありますよ」

そう言って手を差してくれたキリアン様の私を見つめる目が優しくて……とてもとても優しくて心が温かいもので満たされる。

そして、手を繋いだまま村の入り口まで向かった。

しかし、村に入った直後。

「フェデリカ様、あそこに角兎《つのうさぎ》が！」

「荒れているとはいえ、こんな人が住む場所の近くにまで出るなんて」

ロージーが魔物の角兎を見つけた。額に一本の角が生えていて、犬よりも大きい兎型の魔物だ。

「轟け雷鳴、落ちろ雷！」

私はすぐさま魔法を詠唱して、雷の魔法を放つ。すると、角兎に命中した。

しかし、角兎は数匹一緒に行動する習性を持つため安心している場合ではない。

「テリー、周囲を警戒して。リリク、叔父様へ知らせてきて」

そこまで言ってから私はハッとして、キリアン様のほうへ視線を動かす。出しゃばった真似をして、呆れていないだろうか。

「お嬢様、あそこにも角兎がいます。あ、あっちにも……！」

尋ねる余裕などなく、スーが指さす方向には十数匹の角兎の姿が見える。

キリアン様は私に向かって力強くうなずくと、剣をかまえた。

「向こうは私が仕留めます。フェデリカ様はあちらを」

「わかりました」

その言葉を聞いて私は改めて決意する。

何もできないと嘆いている時期はもう過ぎた。私は進むと決めたのだ。

剣を振るい簡単に角兎を倒していくキリアン様のたくましい背中を横目に見ながら、私も角兎に雷魔法を放ち続けたのだった。

それからしばらくして、無事にすべての角兎を駆除することに成功した。

解体は村の安全な場所で行うとして、角兎から何か役立つものができないかと考える。

毛皮は温かい外套となり、肉は柔らかくおいしい。皮をなめして防寒服を作れるけれど、それではこの村の全員分には足りないだろう。ミケーレ領はトニエ領よりも寒さが厳しく、雪の量も多いと聞いている。簡単に体を温められるものがいい。

「う～ん、襟巻とかかしら」

錬金術で簡単に皮をなめすことはできるから、製作時間は大幅に短縮可能だろう。これから冬になるのだ。首元を温められたら外で作業するのも少しは楽になるだろう。

「そういえばあの廃材は薪用として使えるのかしら」

木を切り倒して薪として使えるようにするには、二年ほど乾燥させたほうがいいと聞く。

そうしないと燃えにくいだけでなく大量の煙が出るのだそうだ。洪水が原因の廃材だから、もっと長く乾燥させないといけないかもしれない。

「薪を乾燥させる魔道具は作れないかしら。もし実現すれば魔素は薄くなるし、薪も大量に確保できるようになるわ」

魔道具を発動させるためには魔素を使うから、これはいいアイデアかもしれない。ひらめき、興奮して頬が熱くなる。私にできること、そうだ私も領民の力になれることがある。

「お兄様みたいにすごいものを作ることはできないけれど、私は私ができることをするわ」

「フェデリカ様、攻撃魔法が使えたのですね」

ひとりでブツブツとつぶやいていると、額に少しだけ汗をかいたキリアン様が声をかけてきた。

「お嬢様は雷の魔法がお得意なんですよ！　守られてばかりの弱い方じゃありませんから」

なぜかロージーがキリアン様に向かって威張っている。

「魔物を恐れないのは素晴らしいですね」

「……はは」

魔物を恐れないというのは褒め言葉なのだろうか。少し複雑な気持ちもしてしまう。

「そうです。お嬢様は素晴らしい方なんです」

ロージーはそう言ってにんまりと笑ったのだった。


それから数日後。

「キリアン様、テリー、手前のオークをお願いします。私はあちらの小鬼たちを」

私とロージーとキリアン様とテリーの四人でいつものようにトニエ領から向かう途中、森で魔物と対峙していた。

「わかった。行くぞ、テリー」

少しずつ連携にも慣れてきて、魔物を狩るのがうまくなったと思えるほどに、キリアン様と一緒だと順調に魔物狩りができる。

「お嬢様、怪我はございませんか」

「ええ、大丈夫よ。ロージーこそ大丈夫？」

あっという間にオークを狩ったキリアン様たちは、私が打ち漏らした小鬼も簡単に片づけてくれた。

「ロージー、オークを魔法鞄にしまうからこっちに来てくれ」

「はい！」

テリーのほうに走っていくロージーを横目に、黒い革の胸当てを身に着けたキリアン様が私のほうへ歩いてきた。キリアン様はトニエ領の仕立て屋で作った服を着ているけれど、飾り気のないその服がとても似合っている。出会ったときに着ていた黒い服の印象はもう薄れてしまった。彼はそれだけの時間をトニエ子爵領で過ごしたのだと思うと感慨深い。

村の復旧は、彼のおかげで順調だ。人当たりがいいから、屋敷のみんなとも仲が良い。キリアン様がずっとトニエ領にいてくれたらいいのに、最近の私はそんなことばかり考えている。

「あいかわらずフェデリカ様の魔法はすごいですね」

「小鬼程度で褒められてもうれしくありません」

褒めてくれているとわかっていても、私はそれに苦笑いしか返せない。それは照れ隠しでもなんでもない。小鬼は人間の子ども程度の大きさしかなく力も弱く、冒険者になりたての者でも狩れる魔物だ。魔法を使える者ならば狩れないほうが恥ずかしい。

「小鬼程度か。あなたは頼もしいですね」

「え、頼もしい？」

目を細めて笑うキリアン様の言葉に、私は戸惑ってしまう。

「あなたは魔物に怯えて守られるだけじゃない。一見か弱そうに見えるのに強い人だなと」

これは褒められているのだろうかと疑問を覚える。彼の表情を見れば、馬鹿にしてはいないのはわかるけれど、これは誉め言葉なのだろうか。

「お父様に、必要な素材は自分で集めるように幼いころから言われてきましたから」

胸を張って言いながらも、内心キリアン様に私は女性として見られていないのかと、寂しい気持ちになってしまっていた。

普通、貴族女性が男性と一緒に魔物を狩るなんてありえない。欲しい素材は自分で採取できて当たり前だという教育を受けてきた私が、そういう意味で貴族令嬢らしくないのは自覚している。

そんなことを考えていると、テリーから声をかけられた。

「お嬢様、オークは片づけましたよ。小鬼は燃やしましょう」

「わかったわ、じゃあ土魔法で穴を開けるわね」

小鬼は素材になるものがない魔物のため、燃やすしかない。

土魔法で地面に大穴を開けると、キリアン様とテリーが次々に小鬼を穴へ落としていく。

「小鬼は落ち着いて見ると怖い顔をしていますね」

ロージーは私の隣で眉をひそめて小鬼を見ているけれど、私は慣れてしまってもうそんな感覚は忘れてしまった。

「そうね」

……キリアン様に似合うのは、私ではなくロージーみたいな可愛い子なのかもしれないと、ぼんやり考えてしまう。

なぜ『私ではなく』なんて考えてしまうのか。その意味を私はまだ理解できていなかった。


村からトニエ子爵家の屋敷に戻ってきて、半月ほど過ぎたある日。

村に留まる叔父様たちに差し入れとしてお菓子を作ろうと、私は厨房に向かっていた。

「キリアン様って優しいよね」

「ええ！　この間も、私がひとりでジャガイモの袋を運んでいたら手伝ってくれたわ」

庭を掃除している、下働きの女性たちの話し声が聞こえてくる。

盗み聞きなんてはしたないと思いながらも、私はつい窓のそばに近づき息をひそめた。

「最初は怖い方なのかなって思っていたけれど、笑うととっても優しい顔をするわよね」

キリアン様は一見怖そうに見えるけれど、本当は優しい方だって私だって知っている。

「そうそう。使用人にも分け隔てなく、気さくに声をかけてくださるものね」

「この家の方はみな様優しいけれど、キリアン様から親切にされると、なんだか自分にだけ優しいのかもって誤解しちゃうわよね〜」

……そうよ、彼は私にだけ優しいわけじゃない。そんなことは十分わかっている。

「夢見たらだめよ。キリアン様は私たち下働きには雲の上の人よ」

「それはそうだけど、ロージーさんとかとっても仲がいいじゃない。あれを見ていると私だって夢見てもいいのかなって思っちゃうわ」

その言葉を聞いて、胸に何かが突き刺さるように感じる。

使用人たちとキリアン様の仲が良好なのはいいことなのに、彼女たちが噂しているのはなぜか嫌だと思ってしまった。

「私、どうかしているわ」

自分に言い聞かせながら、頭をぶんぶんと横に振る。

不愉快とも違う、理由もわからない落ち着かない感情を持て余す。こんな気分ではおいしいお菓子は作れないだろうと、踵を返して自室に戻る。私はいったい何がしたいのだろう。

「どうして私、キリアン様のことが気になるの？」

自問自答する。

初めて村に一緒に行ったあの日から、なぜかキリアン様のことを考える時間が増えた。

村のために何か思いつくたびにキリアン様に相談してみようと思ってしまうし、ロージーたちと一緒に町に出かけておいしいお菓子を食べたときも、次はキリアン様も一緒になどと考えてしまう。

「こんなの変だわ」

落ち着かない気持ちのまま足早に廊下を歩く。自室近くまで来たところで、廊下の先から大きな箱を抱えてこちらに向かってくる、キリアン様とロージーの姿に気がついた。

「お嬢様」

「ロージー、どうしたの？」

なぜ彼はロージーと一緒にいるのだろう。ふたりの姿に、先ほどの下働きの女性たちの話を思い出してしまう。

「注文したドレスが届きましたのでお持ちしました。あ、運んでくださったのはキリアン様ですが」

ロージーが無邪気に話すのを聞きながら、キリアン様に視線を向けると「部屋に入ってもいいですか」とにこやかに笑いかけてきた。

「ありがとうございます。キリアン様、お忙しいのに運んでいただいて申し訳ありません」

彼の質問には答えずに、少しぶっきらぼうに言ってしまう。どうしてこんなきつい言い方をしているのか自分でもわからない。

「今日は出かける用事もないですから」

「そうですか、それならよかったです」

困ったような顔をしているロージーとキリアン様に気づき、私は慌ててごまかす。

「申し訳ありません、頭痛がひどくて少し休もうかと思っていたんです」

「ベッドに横になったほうがいい。ロージー、フェデリカ様を早く寝室に」

頭痛なんて、自分からしてもひどい言い訳だったのに、キリアン様からそう言われてしまった。

「お嬢様、気がつかず申し訳ありません。あとで頭痛に効く薬湯をお持ちしますね」

「大丈夫よ、少し休めばよくなるわ」

私を心配そうに見ているロージーに対して罪悪感でいっぱいになる。

キリアン様は箱を置くと「お大事に、ゆっくり休んで」と優しい言葉をかけて、部屋を出ていった。

「お嬢様、今お着替えの準備をいたしますので、少しお待ちいただけますか」

「ロージー、ごめんなさい。私、体調が悪くて、八つ当たりしてしまったわ」

キリアン様は荷物を運んでいるロージーを見て厚意で手伝っただけ。

それなのに私はふたりが並んで歩いている姿を見て、あんなきつい言い方をしてしまった。

「具合が悪いのですから、気になさらないでください」

「でも、キリアン様にもひどい言い方を」

ベッドの端に腰を下ろした私は、キリアン様に嫌われたかもしれないとうなだれるのだった。

第八章　追いつめられて

離れている部屋で、赤子の泣く声が聞こえた気がした。

その瞬間、世界がグワンと揺れて、見えている景色が変化した。

今まで自分だった人が目の前に立っている。結婚して一年、離縁されて一年弱、約二年間私の姿をしていた王太子殿下は私を冷ややかな目で見ていた。

子が生まれ呪いが解けたのだ。

「ブルーノ、いたか」

満面の笑みで父親を呼びに来た侍女に引っ張られるように執務室を出ていった殿下は、戻ってくるなり私に大きな箱を押しつけた。

「殿下、このたびは――」

「よい。なんだか懐かしいな、その口調も」

王太子殿下が私の言葉を遮る。

王女殿下の呪いで互いが入れ替わっていたから、今まで殿下は私のふりをしていた。元に戻りなんだか居心地が悪い。

「そうですね……。これは？」

大人の男が両腕でやっと抱えられるような大きな箱を開けると、手紙の束が入っていた。

「お前の元妻からの手紙だ。申し訳なくて読めないと拒んでいたから預かっていたが、読むべきなのではないか」

「殿下」

それらは、フェデリカからの手紙だった。

フェデリカが離縁を申請したあの日、セバスから聞かされて王太子殿下は手紙の封を開いたと言う。中身を確認し内容を教えてきたが、私はその手紙を読むことはできなかった。

「お前には褒賞金をやろう。子が産まれたのはお前のおかげだ」

「殿下、私は――」

「発端はジャダの呪いでも『お前がパオラを抱き、子を作る』と決めたのは私とお前の両方だ。私たちは元に戻った今、お前がパオラにしてきたことは忘れ、元通り私の側近として努めてほしい」

淡々と告げる殿下に、私はただ頭を下げるしかない。

私は私でつらかったけれど、殿下も私に思うことは当然あるだろう。殿下の体だったとしても、その中にいたのは私だ。そう、彼の妻を抱いていたのは私なのだから。

それでも、子どもが生まれたとして褒賞金で私を労うのだろう。労うのか、詫びなのかはわからないけれど、困窮している家の伯爵である私にはどんな金でもありがたい。

「つらいだろうが、全部読みなさい」

そう告げて執務室を出る殿下を、私は頭を下げ見送った。

ため息をひとつついてから、箱の中身をひとつひとつ確認する。王太子殿下はすべての手紙の封を開け、中身を確認していたようだった。

その手紙を読み進めていくうちに、私は自分の罪を理解していく。

伯爵家でのつらい毎日、私を心配する言葉、自分の何が悪いのか教えてほしい、どうして屋敷に戻ってきてくれないのか、どうして返事をくれないのかという嘆き……読み進めていくうちに、フェデリカの苦しみが伝わってくる。

けれど、これを彼女が書いたのは一年以上も前のことだ。

最後の手紙を読んで、私は虚しさに天井を見上げた。

「あら、お兄様はいらっしゃらないの？」

それを見ていたかのように、突然扉が開き、一番会いたくない人間が無遠慮に部屋の中に入ってくる。

「……よくここに顔を出せたものですね」

話したくないほど憎い相手を睨みつける。

しかし彼女にとって私の感情なんてどうでもいいのだろう。上機嫌といった笑顔で私に近づいてきた。

「まあ、機嫌が悪いのね。せっかくいいことを教えにきて差し上げたのに」

すべての元凶である王女殿下の鼻先に私は剣を突きつけた。まともに使えはしない父のお古の剣でも、傷つけることくらいはできる。

すると王女殿下は声を上げて嗤《わら》った。

「ククッ。お前私を殺したいの？　殺されてあげてもいいわよ、あなたに殺されるなら本望。でも、そうしたらお前は後悔するわよ」

私にそんな度胸はないと知っているのだろう、焦る様子もなく王女殿下は剣先に手で触れる。そこに恐れは微塵もなくて、むしろ状況を楽しんでいるように見えた。

「どういうことですか！」

私はいらだって声を荒らげる。

「あなたの魂は安定していない。お兄様とあなたの魂は切り離したけれど、あなたは今度は産まれたあの子と繋がっているのよ。これがどういう意味かわかる？」

にやりと嗤《わら》いながら言われて、私は血の気が引いた。

産まれたあの子とは、王太子妃がお産みになったあの子どものことだ。私の魂が繋がっているとは、いったいどういうことなのか。

「何もしなければ日付が変わると同時に、あなたの魂はあの子に移る。そして、二度と戻れないわ」

「なぜそんなことを!?」

「さあ、私も驚いたのよ。お前はよほど王太子妃のそばにいたいのかしら。まさか生まれてきた子と魂が繋がるなんてね、さすがの私も考えなかったわ。お前、おもしろすぎるわ」

それはつまり、王女殿下の呪いではなく、私の魂が勝手に赤子と繋がってしまったということなのだろうか。

「そんなことあるわけが……」

怒りに震えながらも、剣を振ることはできなかった。

今すぐこの女の命を、怒りのままに消したい。

だが、そんなことをすれば捕らえられるだけでは済まないし、王女殿下の言葉が本当であれば、私の魂は赤子の体に移って二度と元に戻れなくなってしまう。

「助かる方法はひとつだけ」

「なんですか？」

「私を抱きなさい。そうすれば私の力でお前の魂を赤子から引き離してあげる」

「なんだって」

「以前は断られたけれど、今は平気でしょう？　何度も王太子妃を抱いたのだから。妻以外の女は抱けないなんて言わないわよね。自分の主《あるじ》の妻を子どもが授かるまで抱き続けたのだもの」

ニヤリと嗤《わら》うその顔は、吐き気がしそうなほど醜悪でおそろしいものだった。

「お前など抱けるか」

「なら、子どもとして生きる？　あなたの体には、生まれたばかりの赤子の魂が大人のお前の体に入るのよ。産まれたばかりの子は領地運営もお兄様の側近も務まらないわ。排泄すらひとりではできない者として生き恥を晒す？」

クスクスと嗤《わら》う顔を衝動的に叩くと、簡単に王女殿下の体は吹き飛ぶ。同時に、机の上に置いてあったフェデリカの手紙が一気に床に散らばっていく。それはまるでフェデリカが自分の存在を私に知らしめているように見えた。手紙の一通一通が、自分を忘れるなと主張しているように見えたのだ。

「いたぁい。……その顔、前にも見たわ。葛藤して諦めたときの顔。大切な女性との初夜を、私のようなくず女に台無しにされた哀れな男の顔よ。懐かしいわ」

王女殿下は頬に手を当てながら、床に倒れこんだまま私を馬鹿にしたように嗤《わら》い続ける。

そして、小さくポツリとつぶやいた。

「あなたが悪いのよ」

陰険で傲慢で苛烈と評判の彼女に似つかわしくない、どこか寂しそうな表情を浮かべる。今にも消え入りそうな声で言葉を続ける。

「……そう、あなたが悪いの。私の思いを受け止めてくれなかったのが悪い、簡単に私の呪いにかかったのが悪い。妻だけだと言いながら、簡単に王太子妃を抱くから悪いの」

床に座りこんで私を見上げる女の顔は、あの夜と同じ笑顔。

初めて王太子妃殿下を抱いて、部屋から出てきたときに見せたものだ。憐れんで泣いているような笑顔だ。

「あの夜、妻以外は抱けないという気持ちを貫いて王太子妃を抱かなければ、解けるように呪いをかけていたのに」

「え？」

その言葉を聞いて私は頭の中が真っ白になる。

「私を受け入れないのではなく、妻が大切だから彼女以外を受け入れられない。本当にそうなら諦められると思った。それなのに、お前は王太子妃殿下を抱いたのよ」

フェデリカ以外に大切な人なんていない。私が思うのは彼女だけ、それは今も変わらない。

妻に離縁されても、王女殿下の気持ちを受け入れる気はない。傲慢で苛烈ないつもの王女殿下なら拒絶できるのに、今にも泣きそうな顔で話し続ける彼女を止める言葉が見つからない。

「ひどい話よね、お前は本当にひどいわ。私の気持ちに応えられないなら、最初から優しい言葉なんてかけなければよかったの。お前もお父様やお兄様のように私を都合の良い道具として扱えば良かったのよ。そうすれば、私だって期待なんてしなかった」

王女殿下は何を言っているのだろう。私がいつ優しくしたというのか。

「……お前が私を拒絶しないのがうれしかった。女だから、闇魔法を使う魔女だから、そんな理由で私の存在を無視しながらも魔法を当てにするお父様たちとは違うと思っていた」

それは無視しなかったんじゃない。できなかったんだ。王族を拒絶して生きるなんて私のような貧乏伯爵家の人間には無理だ。王女殿下を愛していたからじゃない。

「だから期待していたの。私を好いてくれるのではないかって。でも、お前は私ではない女を選んだあげく、最後の最後に私を拒絶したわ。妻以外抱けないと」

王女殿下の思いなんて拒絶して当たり前だ。私が愛しているのはフェデリカただひとりなのだから。

「お前は自分の意見を持たず、ただ周囲に流されているだけ。力が強い人に逆らわず楽なほうへ流れる。それがお前の生き方。情けない男ね。……それでも私はお前が好きだったのに」

王女殿下の言葉を聞いて、悔しさに唇を噛む。父のお古の服を着て、古びた剣を腰に下げた貧乏人が能力もないのに王太子殿下の側近として働けるのは王女殿下のお気に入りだから、と皆が陰で私を馬鹿にしているのは知っていた。

「困窮した家で、着る服は時代遅れのものばかりでも、私にはお前が誰より素敵に見えた。真面目に働く姿が愛おしかったのよ」

王女殿下は立ち上がり私に近づいて、その手で頬を撫でる。

「私のものだとずっと思っていた。私の夫になるのだと信じていたわ」

私は彼女の手を払い除けられず、硬直したように動けなくなってしまう。

王女殿下の目が怖かった。悲しんでいるようにも怒っているようにも見える。

「どうしてお前は私を選ばないの。妻以外抱けないと拒絶したくせに、お義姉様を抱いたのはなぜなの」

王女殿下は私を責める。まっすぐに私を見て、両手で私の頬を撫でまわしながら、言葉を続ける。

「妻への愛を貫き通すのなら諦めようと思ったのよ」

私だってそうしたかった。愛しているのはフェデリカだけなのだから、彼女以外を抱きたくなんてなかった。そう反論したいのに、王太子妃殿下が懐妊するまで抱き続けてしまった私にはもうそれができない。

「お前は唯一の人だと言った妻への貞操すら、お兄様の言葉に流されて違えてしまった。お前は簡単にお義姉様を抱いた」

……王女殿下の言う通りだ。いつしかおしどり夫婦と呼ばれるほど仲睦まじいと認知されるまでになっていた。

私は今日まで王太子殿下として日常を過ごし、王太子殿下は私として王太子殿下の側近の仕事をこなしていた。

王宮から出られない条件なんてなかった。

王太子殿下に、屋敷に戻らないでくれと願ったのは私だ。屋敷に戻れば王太子殿下は、フェデリカの夫として行動するしかないだろう。結婚したばかりの夫と妻が同じ屋敷に暮らして、別々の寝室で眠るなどありえない。

元の体に戻るために——王太子妃が無事出産することが元に戻る条件だと信じて——私は王太子妃を抱き続けていたのに、王太子殿下がフェデリカのそばに行くのは許せなかったのだ。

「お兄様の妻を抱きながら逆は許さず、結婚したばかりの妻をずっと放置していた。ひどい夫ね。捨てられて当然だわ」

王女殿下はクスクスと嗤《わら》い続ける。

そして、吐き捨てるように告げられた言葉。

「お前の愛は軽いのよ。口先だけなの」

王女殿下が私の体を抱きしめて、頬に口づけた。

「だから私を抱けるでしょう？　そうしなければお前は赤子の体で生きるしかなくなるの。大義名分があればお前は簡単に思いを変えるのだから、今度こそ私を抱けるはずよ」

「お前はもう妻に捨てられたの。お前を愛しているのは私だけよ」

私は何も言えず、ただ自分の不幸を心の中で嘆くだけだった。

第九章　想いに気がついて

月日の経つのは早いもので、離縁してから約一年が過ぎた。

「のんびりってこういう気持ちだったのねえ」

トニエ家の屋敷の庭で言の葉の木の根元に座った私は呑気に本を読みながら、料理人が作ってくれたお菓子を食べている。

村の復旧が進み、私たちの活動は復興作業へ進んだ。たった一年で、村の畑が農地として再び使えるようにまでなったのは、キリアン様のおかげと言っても過言ではない。

彼が緑の手の能力を使いこなし、魔素の濃かった村の土壌改良を進めてくれた。さらに、復旧作業に疲れくじけてしまいそうな人々を励ましながら働いてくれていたのだ。どれだけ感謝しても足りない。

彼に負けないように、私も村人の生活が少しでもよくなるように働き続けた。

秋が終わり冬になり、春が来て魔素が抜けた農地を領民たちが耕し、種を撒いた。葉物野菜や丸々とした大きなじゃがいもを籠いっぱい収穫できたときは皆で大喜びした。

便利な魔道具を与えれば済む話でもなく、目指しているのは私たちが常時支援しなくても安心して暮らしていける村づくり。

眠っている間も、村にいる夢を見るほど私は夢中になっていた。

「お嬢様、ずっと忙しくされていましたのですから、どうかお体を休めてください」

「あら、私は元気よ」

やっと村に明るい話題が増えてきて、今朝もキリアン様と次の冬に向けた村の作づけについて話し合った。

「……私が元気になったのは、キリアン様のおかげね」

村人たちだけでなく、私もキリアン様にたくさん助けられてきた。彼がいなければ、私はいまだに貴族の責任にすら気がついていなかったかもしれない。

そういう意味でも、キリアン様は恩人だ。

「お嬢様がお元気になってうれしいです」

私を微笑みながら見ていたロージーは、庭のガゼボの中、小さなテーブルの上にお茶の準備を始める。バターをたっぷり使った焼き菓子に、薄荷《はっか》の葉を混ぜた爽やかな香りがするお茶が並べられ、私は香りを子どものように胸いっぱいに吸いこんだ。

ロージーの言う通り私は以前と比べてとても元気になった。痩せてドレスがぶかぶかだった昔と比べて、今はドレスを着こなしていると自分でも思う。

「ドレスがちょうどよくなったわね。少し太ったのかも。気をつけないと着られなくなりそうだわ。食事がおいしいせいよ」

「太ったなんてとんでもないです。ドレスが大変よくお似合いです」

ふざけてそう言うと、ロージーはとても真面目な顔で返してくる。

痩せてしまった体に合わせてドレスを作ろうとしていたお母様を止めて、元の寸法でドレスを作って正解だった。もしお母様の意見にしたがっていたら、ドレスが着られなくなるところだった。

「それにおっしゃる通り、お食事が最高においしくって私もつい食べすぎてしまいます」

「ふふ、ロージーも健康的になったわ」

私と一緒に顔色悪く痩せていたロージーも今ではバラ色の頬をして、可愛いえくぼも出てきた。

「はい、私もとっても元気になりました」

私が飲み干したカップにおかわりのお茶を注ぎながら、ロージーは明るく笑う。

離縁する前夜、ふたりで泣き明かしたのはたった一年ほど前のことなのに、とても昔のような気がする。

いいえ、あれは遠い昔。今の私にはただの過去になった。

「そういえば、王太子妃が男の子をお産みになったそうですよ」

「そう」

「それから、第一王女が病気療養のため、しばらく公務をお休みされて東の離宮に行かれるとか」

「へえ、知らなかったわ」

王都からはだいぶ離れているが、領内の冒険者ギルドや商業ギルドには常に情報が集まってくる。鷹便か何かを使って収集しているのだろうから、そんなに古い情報ではないはず。

「どうでもいいわ。王太子殿下にお子が産まれようと私には関係ないもの」

ミケーレ伯爵夫人であれば違っただろうが、今の私は遠い田舎の地に暮らすトニエ子爵家の娘。王家なんてまったくと言っていいほど関係がない。ギルド長が広めてくれた王女殿下とブルーノ様の噂も、遠い過去の話になった。

「そうですね。余計なことを申し上げてしまいました」

「いいのよ。私が屋敷の外でその話を聞いて動揺しないように教えてくれたのでしょう？」

お父様あたりがロージーに、私に伝えるよう指示したのだろう。

「へへ、ばれてしまいましたか。それはそうと、お嬢様、今日は若様がお帰りになりますね」

「ええ、お茶を飲んだら、お兄様を出迎える準備をしましょう」

王家の話題を私が気にしないことで安心したのか、ロージーは話題を変える。

今日は久しぶりにお兄様が王都から戻ってくる日だ。ギルド長と一緒にトニエ家と私の評判を守るために王都で尽力してくれていたのだ。手紙のやり取りは頻繁にしていたけれど、実際に会うのは一年ぶり。話したいことがたくさんある。

「お兄様、私たちを見たらきっと驚くわね」

「お嬢様の元気なお姿を見たら、若様は喜んでくださいますわ」

お兄様にもたくさん心配をかけてしまったから、今の私の元気な姿を見て安心してほしい。

村の復旧も順調ですべてがうまくいっている、穏やかな日常がずっと続く……このときまではそう感じていた。

お兄様が帰ってきて、久しぶりに家族が揃って夕食をとったあと、私はキリアン様を捜していた。

お兄様とキリアン様はすぐに打ち解けていたように見えたし、村の復旧の話をふたりは熱心にしていたけれど、私にはいつものキリアン様とは違うように見えて、気になっていたのだ。

「キリアン様、こちらでしたか。どうかしたのですか？」

屋敷からの明かりがぼんやりと照らすだけの庭に、キリアン様はひとり佇んでいた。夜空を見上げているその背中が寂しそうに見える。

「何もありませんよ」

近づいてきた私に微笑んでそう答えるキリアン様は、やはり元気がないように見える。

悩みがあっても私には話せないのか。

そんな言い方をしたら困らせてしまうかもしれない。でも、悩みがあるのなら私に話してほしいと思ってしまう。

「キリアン様」

「はい」

「キリアン様が何か悩んでいることがあるなら、私に話していただけませんか」

私が勇気を出してそう言うと、キリアン様は驚いたように「……なぜ？」とつぶやいた。私がこんなことを言うのは、そんなに意外だったのだろうか。

「私は年下ですし、未熟者で頼りないかもしれませんが、キリアン様の力になりたいのです」

「月を見ていただけ……なんて、ごまかされてはくれませんか」

キリアン様は前髪をかき上げると、私から数歩後退りながら空に視線を向けた。

「私では、だめですか。……ではせめて一緒に月を見ていてもいいでしょうか」

なぜ離れようとするのだろう、私が近づくのが嫌なのだろうか。数歩離れた距離でさえ寂しく思いながら、私はせめて一緒にいたいと気持ちを告げる。

力不足だと言われてしまうかもしれないけれど、キリアン様がひとりで寂しそうにしているのがつらい。なぜこんなふうに思うのかわからない。

けれど今は一緒にいたいと、そう思ってしまった。キリアン様の力になりたい。ほかの誰でもなく私こそがキリアン様を励ましたい。

「一緒に月を。あなたは優しいですね。……私は悩んでいたわけではありません。少し……そう、少しだけ後悔していただけです」

私の顔を見ずに、月を見上げたままキリアン様が話しはじめた。

「あなたとダニーロ様が話している姿を見て、思ったのです。私は弟と親しく会話したことなどなかった。もしも私がもっと自分の気持ちを弟に話していたら、自分の弱いところを弟に見せて、彼の考えにも耳を傾けていたら、何か違ったのかもしれないと」

同じように月を見上げていた私は、驚いてキリアン様のほうに視線を移す。

毎日意欲的に働いている彼は、家のことをとっくに吹っ切っていると思いこんでいた。まさか弟さんのことを思い出していたとは考えてもいなかったのだ。

「……ずっと忘れようとして、忘れられずにいました。なぜ弟はそれほどまでに私を憎んだのか。

私の何が悪かったのだろうと」

キリアン様は強い人なのだと思っていた。

弟に殺されかけ、家を捨てることになったというのに、縁もゆかりもないトニエ領で村の人たちのために力を尽くしてくれた。貴族の覚悟が足りない私を励まし、一緒に村のためになることを考えてくれた。私が落ちこんだときは親身になって慰めてくれた。

けれど、キリアン様はずっと村の復旧に力を注ぐことで、自身のことを考えないようにしていたのかもしれない。

彼の心の中にも弱い部分があったのだ。

すべては私の想像でしかないけれど、私とお兄様を見て、ずっと心の奥にしまっていた悲しみが抑えられなくなってしまったのだろう。

「もっと仲よくしていたら弟が私を殺そうと思うことも、私が家族を失いひとりになることもなかったのではないか。そう考えたら……」

キリアン様は言葉にしなかっただけで、どうして命を狙われて家族を失うことになったのかと考えていた。

だけど、それはキリアン様だけだろうか。もしかして弟さんもキリアン様を最後の最後で見限れなかったのではないだろうか。

「キリアン様、これは私の考えですから、事実とは違うかもしれませんが」

私はあの日疑問に思っていたことをキリアン様に話す。

「私が誰かの命を狙うなら、確実に相手を仕留めます」

「フェデリカ様？　それはどういう」

キリアン様は戸惑った顔で私を見ている。私の突然の話に驚いているのだろう。

「私は、キリアン様と初めて会ったとき、ひとつ疑問がありました」

「疑問、ですか？」

「はい。どうしてキリアン様は生きていたのだろうと」

私の疑問の意味がわからなかったのだろう。キリアン様は何も言わず、ただ私の次の言葉を待っている。

「キリアン様の弟さんは毒を用意してまで、あなたの命を狙いました。自分が跡継ぎになるために」

「はい」

「あの場所は、頻繁に馬車が通る道ではないとはいえ、私がキリアン様を見つけたようにまったく人通りがないわけではありません」

私が言いたいことを理解したのか、キリアン様は大きく目を見開く。

「つまり、運よく解毒薬や傷の回復薬を持った者が通りかかれば、死なない可能性があるんです。弟さんに一度殺されかけたあなたが助かる可能性が」

これは私の願望で、キリアン様の弟さんの思惑は違うのかもしれない。

もしかしたら、最後の最後まで苦しめたいと、どうせ誰も通らないと思ったのかもしれない。でも、万が一助かる可能性を考えて放置したのかもしれない。

私はそう信じたいし、キリアン様にもそれを信じてほしいと思ったのだ。

「弟は、私が助かる可能性を？」

「私は、そう思います。だってあなたは兄なのですから。キリアン様が弟さんを思っていたように、弟さんもあなたを思っていたんじゃないかと」

これは私の願望で、真実は違うのかもしれない。そうだとしても、弟さんとの仲を後悔しているキリアン様に、ほんの少しの希望を持ってほしいから。

「弟が最後の最後でそう思ってくれたのなら、私は彼を恨まずに済む。家族を失ってもひとりになっても」

キリアン様は優しい人だから、人を恨んで生きるなんて似合わない。

優しいキリアン様、あなたを私が支えたい。弟さんを思い、苦しそうにしているあなたを、私が支えたい。

「キリアン様はひとりではありません！　わたしたちはキリアン様を家族のように思っています」

——私がずっとそばにいます。

私はそう叫びたくなったのを、なんとかこらえた。

こんなふうに弱さを見せるキリアン様に私が寄り添いたい。家族を失った、自分はひとりだと悲しむ彼に、私がずっとあなたのそばにいると言いたくてたまらない。

私はきっとキリアン様が好きなのだ。

今、それに気がついた。どうして今まで気がつかなかったのだろう。

あなたが好きだから私はあなたの近くにいたいのだと、そう言いたい。

「フェデリカ様、ありがとうございます」

「お父様もお母様もお兄様も、キリアン様とともにいます。どうか忘れないでください。キリアン様はひとりではないのだと」

手を伸ばしてキリアン様の手に触れて、あなたが好きだと伝えたい。

けれど、私にはその資格がない。白い結婚で自ら離縁を申請した女が、キリアン様のように立派な方と釣り合うはずがないのだから。

「頼りないかもしれませんけれど、私だってあなたのそばにいます」

――好きです、キリアン様のことが好きです。だけど、この思いは言葉にはできません。

キリアン様に似合うのは、私のような者ではなく、ロージーのような可愛い女の子だと思うから、一生この思いは封印するしかない。

そう思うと、目頭がどんどん熱くなってきて、目の前が滲んだ。慌てて目をこすり、努めて明るい口調で話しかける。

「夜風は体に毒ですよ。さあ、中に入りましょう！　お兄様がキリアン様と話がしたいと言っていましたよ」

「そうですね。フェデリカ様」

「はい」

「話を聞いてくださってありがとうございます。あなたはマルガレーテ様が導いてくださった聖女なのかもしれないですね。一度命を救われて、今度は心を救ってくれた」

キリアン様が私の頬に手を伸ばし、そっと撫でる。そしてすぐにその手は離れていってしまった。

「ありがとうございます。もう大丈夫です」

どうしてそんなふうに言うのだろうか。そんな泣きそうな顔で私の頬に触れるなんて。

今、気持ちを封印しようと決めたばかりなのに、歩いていくその背中を見ながら、私は胸が苦しくて仕方がない。

「……キリアン様、好きです。あなたに一度だけでもそう伝えられたらいいのに」

好きだと気がついたのに、私はこの思いを口にしてはいけない。


キリアン様への気持ちに気がついてから数日。

お兄様は元気な私の姿を見て安心したと言って、すでに王都に向かい旅立っていたし、今日は両親揃って出かけている。

私は憂鬱な気持ちを隠しながら、久しぶりに刺繍をしようと自室に引きこもっていた。いつもとは違うことをして気分を変えようとしてみたけれど……そううまくはいかず、図案とは違うものが出来上がってしまう。ため息をついたとき、突然、扉を叩く音がした。

入室を許可すると、執事が部屋に入ってくるなり口を開く。

「お嬢様、おくつろぎのところ申し訳ございません。お客様がいらしております」

「お客様？　今日は約束はないはずだけれど……。誰かしら？」

執事に問うと、彼は少しためらった表情を浮かべる。

「それが、あの――」

「……!?」

執事が告げた名前に私は目を丸くした。驚くなと言うほうが無理だ。

いったいどんな気持ちで、彼はここまでやってきたのだろう。

「お嬢様、追い返しましょうか。旦那様も奥様も外出中ですし、お嬢様おひとりでは……」

「ええ、追い返して。今さら何をしに来たのかしら。……ちょっと待って！」

思わずそう言ってから、もしかしたらやっと謝罪をする気になったのかもしれないと思い直す。

気は進まないが、別れの挨拶すらせず離縁したし、最後に一度くらいは会ってもいいのかもしれない。

すでにある程度は過去として、気持ちの整理をしているつもりだ。

でも、なぜ屋敷に帰ってこなかったのか。

それは疑問として残ったまま。

彼の口から理由を聞ければ、本当に過去と決別できるはず。

「やっぱり彼と会うわ。応接間にお通しして」

私は不安に思いながらも、応接間に向かった。

第十章　別れと決意

「フェデリカ、会いたかった」

私が部屋に入るなり、彼は勢いよく立ち上がる。そして、私を抱きしめるかのように両手を広げ、うれしそうに名前を呼んだ。

……会いたかったとは、なんて白々しい言葉だろうか。

私たちは離縁した夫婦であって、想い合っている恋人同士ではない。なぜ私に両手を広げてくるのか彼の気持ちがまったく理解できない。

「何をしにいらっしゃったのですか」

貴族では感情を露骨に顔に出すと教育がなっていないと馬鹿にされるが、私は思い切り顔をしかめてみせる。彼の様子から謝罪ではないのだと悟り、追い返さなかったことをすでに後悔していた。

「フェデリカ、君の顔をよく見せて」

彼を睨みつけているのに、まったく通じていない。それどころか、なぜ自分の腕の中に飛びこんでこないのだと疑問に思っているような顔をしているのが不思議だった。一体彼は何をしに来たというのだろう。

「ミケーレ伯爵、その呼び方はおやめください。私はもうあなたの妻ではございません」

ブルーノ様に冷たくそう言うと、彼は表情を一転させ絶望した顔で私に駆け寄る。そして、目の前でひざまずく。

「そんな悲しいことを言わずに、どうか私のところに戻ってきてくれないか。離縁なんて言わないでくれ」

拒絶している私に気がつかないのか、彼はそう言いながら私の手を取ろうと右手を伸ばしてきた。

「私に触らないで！」

咄嗟に後退りながら拒否しても、彼は動じていない。先ほどと同じく、なぜ私が手を取らないのかと不思議そうに見ているだけ。私の気持ちを理解していない彼の様子に恐ろしくなる。

「フェデリカ、私と一緒に王都に帰ろう」

「なぜ私があなたと王都に行かなければならないのですか」

どうして帰ろうなんて言えるのか。彼の気持ちが理解できない。どれだけ拒絶を示しても、彼は私が一緒に帰ると信じているように見える。

「私の帰る場所は、このトニエ子爵家だけです。私はもうあなたの妻ではないのですから」

過去の私はたしかに彼を愛していた。彼に愛を告げられ求婚されて、その気持ちに応えたいと思った。

でもそれは過去の話。彼への気持ちなど、とっくの昔に消えてなくなっている。

「あなたひとりで帰ってください」

もし再び求められたら私の気持ちは揺らぐのだろうかと考えたこともあったが、今ははっきりと言える。

――未練など何も残っていない。絶対に別れます。

「フェデリカ、なぜそんな」

ひざまずいたままの彼は私の拒絶が信じられないと言わんばかりに、目を丸くする。再び手を伸ばして私の手を掴もうとしてくるが、その行動のほうが私には信じられない。

「私のほうがあなたに聞きたいわ。すでに一年前に縁は切れています。そもそもあなたは、一度も手紙の返事をくださらなかったではありませんか」

こんな冷たい声が出せるのだと自分自身に驚きながら、私はブルーノ様を見下ろす。伸ばしてくる手を払いたい衝動に駆られるけれど、その一瞬すら手に触れたくない。彼に触れられたら……と想像するだけで鳥肌が立つ。

「会いたかったとは思ってくれないのか」

「会いたかったなんて、私が思うはずないでしょう」

これは痩せ我慢でもなんでもない。久しぶりに会ったブルーノ様に、私が今感じているのは怒り。会いたかったという気持ちはまったく出てこなかった。

「私は会いたかった。フェデリカ。君を今でも愛しているから」

今、この人はなんと言ったのだろう。愛していると言ったのは本当に彼なのか。

……私の怒りが彼には伝わっていないのだろうか。わかりやすく感情を表に出し拒絶しているというのに。こんなにも話が通じない人だっただろうか。

「会いたかったなんて冗談でしょう？　今さら何を」

愛しているなんて正気かとは、聞く気すら起きない。そんなことを言葉にするのも嫌だ。

「理由がある、あれは仕方がなかった」

「結婚したその夜に屋敷を出たきり一年帰らないのですから、それは大変な理由なのでしょうね。ただ、どんな理由であれ、あなたが私を一年ほうっていたことに変わりはありません」

私をないがしろにしていた自覚はないのだろうか。それとも、まさか私への仕打ちを忘れてしまったのだろうか。

「私の意思じゃなかった。仕方がなかったんだ」

「牢にでも入っていましたか？　でもセバスはあなたと話ができたと聞いています」

そう静かに言うと、彼はうつむいて黙りこむ。

こんなに情けない人だっただろうか。彼が仕方がなかったと言うたびに、私の心は冷えていく。いや、再会する前から彼への気持ちは冷えていた。今や氷の塊《かたまり》だ。

こんな言い訳ばかりを聞かされると知っていたら会わずに追い返したのに、謝罪に来たのかもしれないなんて思った私は愚かすぎる。

「それは、その、セバスには屋敷を守る仕事が――」

「あなたが何を言ってももう終わったことです。慰謝料に代わるものはすでにお支払いいただきました。私がお支払していた月々のお金はともかく、持参金の返金と慰謝料の支払い能力がないとの判断でいただいた土地を返せ、と言われても困ります」

セバスとは連絡を取っていたことすら言い訳しようとしているブルーノ様に愛想が尽きる。

お金のことを口にしたくはないけれど、彼が私に戻ってこいと言う理由がほかに思いつかない。

それならば返せないとはっきりと告げたられたほうがいい。

「土地というのはミケーレ伯爵家の領地のことか」

「ほかに何があると言うのですか？」

「それに、月々の金とか持参金とかどういうことだ？　教えてくれ、訳がわからない」

驚いたように上ずった声を上げる彼を見て、私はため息をつきそうになる。

なぜ彼が知らないのだろう。

いくら領地の譲渡の話はお義父様としたと言っても、彼はすでに家を継いだ当主。それなのに、領地の一部を他家に渡したことを知らないなんて、そんなことあるだろうか。

「月々のお金というのは、私が作った薬の売り上げの半分をミケーレ家に納めよ、とお義父様に命令されていた件です。嫁いできたのだからお金を入れるのは当然だと言われ、そうしてきました」

「父上がそんなことを……？」

ブルーノ様は初めて聞いたとばかりに、私に不審そうな目を向けている。なぜ離縁して一年も過ぎたというのに、こんな話をしているのか。

「嫁いだ以上、私の稼いだお金はミケーレ伯爵家のお金だと言えなくはありません。でも、持参金は別だと思います。お義父様が私の承諾なく使いこむなんてありえません。私の考え方はおかしいですか」

土地を慰謝料としているのだから、今さら蒸し返したくもなかったが、知らないふりをするブルーノ様の態度が許せず、嫌みを言ってしまう。

「おかしくは、ない。だが、なぜ」

「お義父様が恥知らずなことをされた理由が知りたいのですか？　領地が数年前の水害で窮地に陥っていたから以外の理由はありません。さすがに伯爵家の懐事情はあなたもご存じですよね」

私の答えに、彼は落ち着きなく左右に視線を揺らす。そして、私に伸ばしていた手をようやく下ろした。

伯爵家の当主はお義父様ではなく、彼なのだ。自分の領地の話を、当主である彼がまさか知らないとは言えないはず。

それに、持参金の件はともかく月々のお金のことは手紙に書いていた。初耳という顔をするということは、手紙を読んでいなかったのか、読んでいてもそれを忘れてしまったかのどちらかだ。

私がどれだけの手紙をこの人に書いたのか。

――会えなくて寂しい。

――何か自分に問題があるならいくらでも直す努力をするから言ってほしい。

――一度だけでも顔を見せてほしい。顔を見せるのが無理なら、せめて手紙を。

そう書き続けた。薬を売ったお金をお義父様へ渡していることも、屋敷の使用人たちからの仕打ちもすべて書いた。鬱陶しい内容だったかもしれない。

それでも、書かずにはいられなかった。

せめて私の今の気持ちを知っていてほしい。そうしなければ、私は家族の励ましがあっても一年間耐えることなどできなかった。

「まさかあなたは、離縁までの一年の間手紙すら読んでくださらなかったのですか？」

「……いや、それは、それには、その……」

私に視線を合わせず口ごもる様子から、それが真実だとわかった。

「いや、だいぶ経ってからだが手紙は読んだ。金のことは……書いてあったと……思う」

ブルーノ様は視線を逸らして答える。その言い方に私は呆れてしまった。

「書いてあったと思う、ですか。本当は読んでいないと正直に言われたほうがまだマシです」

「あ、あの。本当に読んでいる、嘘じゃない。ただ、離縁されてからだいぶ経ってから慌ててまとめて読んだから……、それでちょっと混乱していて、よく覚えていないんだ」

覚えていない。私が必死に気持ちを綴った手紙はこの人にはなんの意味もなかった。

「お金のことは、領主であるあなたにとって大切なものではないのですか？　それを覚えていないなんてよく言えますね」

「フェデリカ」

「名前で呼ばないでください。私はもうあなたの妻ではありません。毎月いくらお義父様へ渡したか書いていたというのに、それを覚えていないとは呆れます」

この人は、私を怒らせるために何日もかけてトニエ領まで来たのだろうか。こんな不愉快な気持ちになるなら、屋敷に招き入れるのではなかった。

「本当に父はお金を？」

「まさかお義父様も私たちが一年で離縁するとは思っていなかったでしょうし、彼は領民思いの方のようですから月々のお金の無心も苦渋の選択だとは思います。それでも、無断で持参金を使われるとは思いませんでしたが」

今さらではあるが、相談されていたら使っていただいたと思う。誰にも妻だと認められていなくても、私はミケーレ伯爵家に嫁いだのだから嫌だと言わなかった。

「それで、返金の件でないならなんのご用ですか」

「戻ってきてくれないか。私とやり直してほしい」

「無理ですね」

私は即答した。そもそも白い結婚を理由にした離縁は、復縁が禁止されている。

「どうしてもだめなのか？」

「逆に伺いますが、なぜ今さらいらっしゃったのですか？　離縁して一年も経っているというのに」

「実は……」

ひざまずいたまましどろもどろに話す内容は、とても真実とは思えないものだった。

王女殿下の呪いで、王太子殿下と彼の魂が入れ替わっていた。

そんな話、すぐに信じろと言うには内容が突飛すぎる。しかも彼は話している間、まるで自分は悪くない被害者だと言わんばかりだった。

「私は――」

「呪いをかけた王女殿下が悪いのだから、自分は何も悪くないとでも？」

言葉を遮って問いかける。その途端、口を閉じた彼を私は冷ややかな気持ちで見下ろす。

王女殿下がとても優れた魔法使いで、特に闇属性の魔法の使い手だとは知っている。彼女はとても我儘で、気が向かなければ公務を平気でさぼり、尻ぬぐいを王太子殿下がしていると言われている。

ただギルド長の調べではそれは嘘で、王女殿下の功績はなぜか王太子殿下や陛下の手柄になっているとのことだった。つまり彼女が魔法使いとして優れているのは本当らしい。ただ、呪いで人の魂を入れ替えられるなんて聞いたことがない。

王女殿下の呪いは、たしかに自分でどうこうできるものではないだろうが、言われるまま行動する彼の気持ちが理解できない。

原因は王女殿下でも、ブルーノ様が招いた結果だろう。

彼は呪いを解くために王太子妃殿下を抱いていた。私を裏切り後ろめたくてずっと私からの手紙を読めずにいた。でも、仕方がなかった。自分も辛かったのだと言ったのだ。

私は呆れるしかない。

「いや……。でも、しょうがないことだったんだ」

「はあ……。それで、その話を私に聞かせて、結局あなたは何がしたいのですか」

呪いを解くためとはいえ他人の妻を一年以上抱き続けた事実を、ずっとないがしろにしてきた元妻に話したあげく、自分は悪くないのだから戻ってきてほしいなんて……そんな気持ちは理解できない。いえ、理解なんてしたくはない。

意識は自分でも、体が王太子殿下だったのだから不貞ではないとでも言うつもりなのだろうか。

「……気持ち悪い」

思わず、つぶやいてしまった。

「フェデリカ？」

「名前で呼ばないでください。あなたはもうその資格を一年前に失っています」

名前を呼ばれたくないし、視線を合わせたくもない。できれば声を聞くことすらしたくもない。気持ちが悪すぎる。

彼への嫌悪感のあまり、知らず知らずのうちに私は自分で自分を抱きしめていた。

「だからそれはっ！」

彼が勢いよく立ち上がって私につめ寄るけれど、私は素早く後退り距離を取る。

「仕方がない？　自分は悪くない？　あなたと王太子殿下の魂が入れ替わっても、私に連絡しようと思えばいくらだってできたはずです。呪いだなんて馬鹿げた話は言えなくても、『帰ることができない。すまない』のひと言ぐらいは書けたでしょう。違いますか」

私が必死に彼に伝えようと書き綴った手紙を読むこともせず、自身は何も悪くない、被害者だとこの人は思い続けていた。ほうっておかれた妻がどんな状況なのかという心配すらせずに。

「あなたは、私なんてどうでもよかったのですね」

涙が出そうになり視界がゆらゆらと揺れるけれど、必死にこらえる。絶対に泣いてやるものか、と目に力を入れた。

こんな人に自分の弱さを見せたくない。

「フェデリカ、仕方ないことだったんだ」

私なんてどうでもよかった、その言葉を彼は否定せず、それどころかまだ言い訳を繰り返す。口を開くたび、自分は悪くない被害者だと言い訳されているようで不快だった。

「もう言い訳は聞きたくありません。出ていってください」

「フェデリカ、聞いてくれ、王女殿下の呪いはずっと続いていた。王太子妃殿下に子が授かっても生まれるまでずっと」

呪いなどどうでもいい。

もう怒りすら湧いてはこなかった。その感情すら無駄だとわかってしまったから。

「もう十分です。あなたの愛を信じ、あなたを待ち続けた私の一年は、すべて無駄だったと嫌になるほど理解しました。お引き取りください」

そう私が言っても彼は王女殿下の呪いには続きがあったのだと、話をやめようとしなかった。

一旦解けたはずの呪いは、今度は産まれたばかりの子どもと自分の魂が入れ替わるものに変わった。それを阻止するには、王女殿下を抱くしかないと。

神の教えを冒涜する、なんておそろしい呪いだろうかと、私は眩暈を覚えながら天を仰ぐ。

「話が真実だとするなら、あなたは王女殿下の呪いで赤ん坊と入れ替わったのではありませんか。

どうして今あなたは、あなたの体でここにいるのですか」

答えなどわかっているのに聞く私は、彼に呆れるあまりおかしくなっているのだろうか。

「それは」

「それは？　恥知らずに王女殿下と閨をともにされたのですか？」

「ああ、だが――」

「自分は悪くない、ですか？　それとも仕方がなかった、ですか？　都合がいい言葉ですね」

気持ち悪い、気持ち悪くて仕方がない。

こんな馬鹿げた理由で夫は屋敷に帰らず、私はずっと苦しんでいたなんて。

「呪いを受け、ほかの女性と何度も閨をともにして子どもを作った。そして、その呪いの元凶の女性とも関係を持った。呪いが解けたから、私と元に戻りたいと？　私を馬鹿にしすぎだとは思わないのですか」

正気とは思えない、とてもおかしなことを彼はしていた。妻を心から愛すると誓いながら、妻以外のふたりの女性と関係を持っていたなんて、そんな話を聞いて正気だと誰が思うだろう。

「そんな気持ち悪い情けない発想が、どこから来るのかわかりません。もし時が戻って離縁する直前のあの日の朝に帰っても……」

そこで一度言葉を止め、すうっと息を吸う。そしてブルーノ様を見つめ、私は大きく口を開く。

「離縁を申請する直前、神殿のあの場所に今のあなたが現れても、元に戻りたいとは私は言いません。絶対に、絶対に別れます。何度過去に戻ったとしても、私はあなたと離縁します」

そう言い切って、やっと私は呪縛から解放された。心の隅に残っていたわだかまりが、綺麗に洗い流されたようなそんな気持ちがする。

「あなたには王女殿下がお似合いです。自分のことしか考えない。愚かでずるい考えしかできない方同士、傷を舐め合えばいい。私など忘れて、王女殿下と添い遂げてください」

冷ややかにそう言うと、ブルーノ様の体は急に薄暗くなりはじめた。そして体がだんだん透けていく。

「なっ⁉」

どういうことだろう。

彼は幻だったとでもいうのか。私の前でひざまずき言い訳を繰り返していた彼は、なぜ急に消えていくのか。彼は自分の足でこの屋敷に来たはず。彼が幻だったとは思えない。

「どうして、姿が」

部屋の中を見渡しながら、私は叫んだ。何が起きたのかわからない。向こうが透けて見えそうなほど彼の姿は薄くなっている。

「お前、うるさいわ。不愉快よ」

女性の声が聞こえて、ブルーノ様の体の後ろに誰かの影が見えてくる。

幽霊か魔法か。本物の体のように見えて話もできる魔法があるなんて、私は知らないけれど。

「ふふふ。賭けは私の勝ちよ」

聞き覚えのない声が響く。それは私を挑発しているように聞こえた。

「……あなたは？」

「子爵家の娘程度が気安く声をかけていい相手ではないわよ」

おそろしい声とともに、その人の姿がはっきりと見えるようになる。

「でも今は機嫌がいいから許してあげてもよくってよ。ブルーノと私は賭けをしていたの。ブルーノが、お前がまだ自分の妻でいたいと願っているはずだと愚かなことを言うものだから、優しい私はブルーノにもお前にも現実を教えてあげようと思ったのよ」

真っ赤な地に黒い模様が入った派手なドレスをまとった美しい女性。濃い化粧をした彼女は微笑んでいるけれど、その目は一切笑っていない。

私はこの人によく似た男性と一度会ったことがある。あれは私のデビューの日、ブルーノ様は彼の後ろに立っていた。

噂だけで実物の王女殿下を見たことはなかったけれど、この目の前にいる人こそが、王女殿下本人なのだろうとわかった。それほどに目の前の女性は王太子殿下によく似ている。

「王女殿下……？」

「お前ごときが許可なく私を呼ぶなど、失礼が過ぎるわ」

思わず口にした言葉を、女性は否定しなかった。

王女殿下の禍々しいほどの美貌に恐れを感じる。

呪いなんて話半分に聞いていたが、急に姿を現したのを見て、これが彼女の魔法なのだと信じずにはいられない。

「ブルーノがすべてを話しても、お前が妻の立場に戻ると言うならブルーノの勝ち、そうでないなら私の勝ちと決めたわ。結果は確認するまでもないわね」

王女殿下の噂は、気に入らないメイドを殺したとか、戯れに人間を的《まと》に魔法の試し打ちをしたとかおそろしいものばかりだ。ギルド長は、噂は噂でしかないけれど苛烈な彼女の性格は真実だとも言っていた。

……つまり、彼女の機嫌ひとつで私の命は消えてしまうかもしれないということだ。ひたすら下手に出て嵐が過ぎるのを待つしかない。

「さっきは失礼な言い方をしていたわね。私が自分のことしか考えないなんて……。ひどいわ」

言いながら王女殿下はおもしろい獲物を見つけたといった様子でニヤリと嗤《わら》う。

こんなおぞましい笑顔を、私は今まで見たことがない。おそろしい魔物を前にしたときのような気持ちで、逃げ出したい衝動を抑えるのが精いっぱいだった。

「大変失礼いたしました。ですが私にとって、自分の結婚生活をだめにした方を良いようには申せません」

「もともと身分不相応の縁だったのですから、だめになるべくしてなったのよ。私はブルーノを愛しているのに、お前は愚かにも結婚した。結果として離縁を願ったが、お前が自分でブルーノの妻ではいられないと自覚しての行いということ。だから私はお前の不敬を許しましょう」

王女殿下が邪魔しなければ、私たちは今でも夫婦だっただろう。だめになるべくしてなったとまで言われるのは心外だ。

「お前が私の邪魔をしなければ、白い結婚による離縁なんてしなくて済んだのに。憐れね」

離縁の理由を作った人に言われたくはない。

おそろしい相手だが、ブルーノ様に感じた以上の怒りを覚える。

この人は自分の想いのために、ブルーノ様に呪いをかけ私から引き離した。いくえ王女という立場にあるとしても、していいことと悪いことはある。

「元凶は王女殿下の呪いです。少しくらい私から恨まれても仕方がないのではありませんか」

「なんとでも言いなさい。私はお前に勝ったのよ。このお腹には、ブルーノとの子が宿っているのですから。下賤なお前が宿せなかったブルーノの子よ」

王女殿下は勝ち誇った顔で、ドレスの上からでは膨らみすらわからないお腹を撫でる。

王女殿下が病気療養のため東の離宮に行かれるという情報は、妊娠が理由だったのだろうか。

でももしそうだとしたら、ブルーノ様と王女殿下は結婚するのか。

結婚前の出産は、この国では認められていない。正式な夫婦の子ども以外、すべて不義の子という扱いになる。正式に婚約をしている男女の子どもでも、結婚前に生まれたら不義の子扱いになり、不義の子どもを儲けたら結婚は認められなくなる。

結婚前でも愛し合っている関係で授かったのなら、それは不義ではないと私は思うけれど、この国はそれを許さない。

「子どもを授かったのですか、王女殿下のお腹に彼の子どもが」

「そうよ、ここに子どもがいるわ。閨を共にしたばかりでも、私にはわかるの。ここに愛の証がい

ると ね」

お腹を撫でながら言う王女殿下の姿は幸せそうだ。

そうは言っても、ブルーノ様は王女殿下を愛してはいないように感じた。それでも彼女は自分が愛している人との子どもを授かったことがうれしいのだろうか。互いを想い合っていない関係で虚しいと思わないのだろうか。

「……おめでとうございます、でよろしいのですか」

私なら悲しい気持ちになる。

それとも好きな人の子どもがお腹にいるだけで幸せだと思えるのか。……わからない。

「そうよ、当然じゃない。でもこの子は兄の子として育てるわ。もう少ししたら王太子妃懐妊の知らせが国中に発表されるわ。王太子妃は懐妊を偽って暮らすの」

「どうしてですか？　王女殿下の子なのに」

愛の証だと言いながら、なぜ子どもを手放そうとしているのだろう。王女殿下は自分が彼と結婚できれば、子どもは誰が育てても関係ないのだろうか。その気持ちが私には理解ができない。

それに王太子妃殿下が妊娠したと偽るなんて、人が大勢いる王宮で隠し通せるのだろうか。

「そう兄と決めたからよ。そうすれば私はブルーノと結婚できるから」

「子どもがいてはいけないのですか、たしかに未婚のままの出産した場合、ふたりはは結婚できないと決められていますけれど」

変な決まりだと思うけれど、マルガレーテ様の教えを守る国が決めたものだ。子どもは結婚した夫婦のもとに生まれて来るのが正しい、それ以外はすべて不義の子だと。

だから教えに背いた男女は夫婦にはなれない。

つまり、王女殿下がブルーノ様の子どもを産んでしまえば、王女殿下と彼は結婚できない。

「ええ、そうよ。そうなれば私はブルーノと結婚できないわ。結婚前に生まれた子どもは、たとえ愛の証だとしても不義の子と呼ばれてしまう。不義の子を産んだ私をお父様は許さないでしょう。ブルーノがお父様から罰を与えられてしまうわ」

不義の子と呼ばれても、子が大事なのは変わらないと思う。しかし、王女殿下はそうでは無いのだろうか。それとも国王陛下が許さないと思うから隠すのだろうか。

「不義の子なんて誰も誕生を喜ばないわ。女として生まれた私の誕生が喜ばれなかった以上にね。最初から兄の子として生まれたほうが、この子も幸せなのよ。見た目をごまかす魔法は得意だから隠し通せるわ」

「そんなことできるのですか」

王女殿下は魔法で自分の妊娠を隠して、王太子妃が産んだと周囲に思わせるつもりなのか。見た目をごまかすなんて、おとぎ話に出てくる魔女が使う魔法みたいだ。

「できるのかですって？　私を誰だと思っているの」

じろりと睨まれて、恐ろしさに体が震える。恐ろしい噂がたくさんある王女殿下を怒らせてはいけないと、頭の中で警鐘が鳴り響く。

「しない！　私の妻はフェデリカただひとりなんだ！」

半分体が透けたままのブルーノ様が急に声を上げる。

そんな言葉を今さら言われても、私の心には何も響かない。この人は呪いを受けて、王太子妃殿下と閨をともにしたのだ。

「そう。なら私がこの女を殺してあげましょうか。そうすればお前の唯一はいなくなるもの」

「な、何を言って、フェデリカを殺すなんて！　そんなやめてくれ」

ブルーノ様が叫ぶと、王女殿下がじろりと私のほうに視線を向けた。そしてすぐに黒い霧が彼女の右手に現れはじめる。

「ひっ！」

私は小さく悲鳴を上げてしまう。この人は本気だ。

私は殺されてしまう、愛する人に気持ちを伝えられずに。

「やめてくれ、フェデリカを殺さないでくれ！」

ブルーノ様が王女殿下を止めようとするが、王女殿下の右手の黒い霧は濃くなるばかり。

「お前がそうやって止めるたびに私の殺意は増していくわ」

王女殿下は一蹴する。

今までに感じたことがないほどの恐怖を覚えた私は、ここからとにかく離れようと手足を動かす……が、魔法なのか体が言うことをきかない。声を上げようとしても、うめき声すら出ない。

焦りと恐怖から冷たい汗が背中を流れ落ちていく。

『助けて、キリアン様！』

声にならない声で私はキリアン様を呼ぶ。

「大丈夫、私は優しいから苦しまずに済むように殺してあげます。眠るように死ぬ呪いにしてあげるわ」

王女殿下はどんよりとした声で、私に向けて呪いの言葉をつぶやきはじめる。すると、禍々しい黒い霧がどんどん大きくなっていく。

逃げたくても手も足も動かない。そもそも動けたとして、この呪いから逃げるのは可能なのか。彼女が闇魔法の使い手というのは噂ではなく真実なのだと、身をもって知ることになるのか。

『キリアン様、助けて！』

心の中で再び私は叫ぶ。

「やめてくれ、頼むから。フェデリカを殺すなんてだめだ」

「ブルーノ、お前がこの女の名を呼ぶたびに私の気持ちは乱れるの。お前の心にあるのは、私だけでいい。私はお前の心以外いらないのよ。なぜわからないの」

王女殿下の叫び声に合わせるように、ぐんと黒い霧が大きくなった。

「お父様もお母様も女である私を必要とはしなかった。お前は唯一、私に優しくしてくれた人。だから私はお前だけ、お前の心だけあればいいのよ。ブルーノ、愛しているわ。愛しているのよ！」

おそろしい黒い霧が私の体を飲みこもうと、襲いかかってきた。

もう私はここで殺されるしかないのか。死にたくない。

何か対抗できる魔法を……せめてほんのわずかでも王女殿下に反撃できそうなものをと必死に考える。

「呪いの霧に包まれて眠りなさい。死んでブルーノの心から消えるのよ」

おそろしくてたまらないのに、動けない私は目の前に迫る黒い霧から目を逸らせない。

「死になさい」

無情な王女殿下の声に、もはやこれまでかと諦める。そのとき。

「お待ちください！」

私の前に、突然たくましい背中が現れる。王女殿下から私を隠すように、キリアン様が立ち塞がったのだ。

「どうかお待ちください」

「なぜ邪魔をする、お前も殺されたいの」

キリアン様が助けに来てくれたのだと気がついて喜ぶのもつかの間、それはすぐに絶望へ変わる。

黒い霧は止まらずにどんどん近づいてきた。

『逃げて、キリアン様！』

叫ぼうとしても声は出ない。私はなんとかして体を動かそうと意識を集中させる。

私のためにキリアン様を巻き添えになんてできない。私のために好きな人を危険にさらすなんて絶対いや。なんとしてでも、キリアン様を助けなければ。

「大切な人が危機に瀕しているなら、身を挺して守るのが婚約者としての役目です」

「婚約者だというの？　お前が？」

驚いた顔でキリアン様を見つめる王女殿下。その右手には、もう呪いの霧は見えない。

「はい。まだ正式な手続きは完了していませんが、フェデリカ様からの承諾はいただいています」

王女殿下の行動を止めるだけで不敬だと罰せられるはずなのに、キリアン様は私が婚約者だと嘘までつく。

「この女を妻にするなんて愚かだわ。白い結婚だったとはいえ一度は嫁いだ身、自ら離縁を申請するような恥ずべき女なのよ」

王女殿下は私が傷つく言葉をあえて選んでキリアン様を諭す。

癒えたはずの心の傷がズキズキと痛むけれど、今王女殿下の話をさえぎったら更に不興を買いそうで何も口にできない。

「彼女を愛しています。ですから彼女が離縁していようといまいと私にはどうでもいいことです」

まさか、そんな。これは私を助けるための嘘か、それとも私の願望が見せた幻か。

……信じられない。

キリアン様は王女殿下に対して、言葉を続ける。

「それに、それがもし問題というのなら、私のほうにもあります。私は平民です。植物を育てるしか能がない男です」

「あら、平民。そう、そうなのね。ねえ、お前は平民に嫁ぐの？　下級貴族とはいえ貴族の家に生まれたというのに？」

キリアン様が平民と言った途端、王女殿下の機嫌が目に見えてよくなる。

「まあ、出戻りなのだし、これから望める嫁ぎ先なんて老人の後妻か平民よね。ふふふ、屈辱ね。子爵家とはいえ、お前だって貴族の家に生まれたというのに不名誉な白い結婚による離縁のあとは平民なんて」

王女殿下にとって平民との結婚というのはありえないことなのだろう。貴族の家に生まれて平民に嫁ぐのはおかしいと繰り返す。

しかし、私には相手の身分など重要ではない。キリアン様が言った『彼女を愛している』という言葉のほうが重要だから。

恐ろしい王女殿下に対峙しているというのに、キリアン様の言葉のほうが気になってしまう。それは嘘なのか。それとも本心なのだろうか。本当にキリアン様が私を想ってくれているのなら、私は諦めなくていいのだろうか。

——キリアン様との未来を。

「そうだわ。お前たちが永遠の夫婦でいられるように、私から贈り物をあげるわ」

「え」

王女殿下が私を呪うのを止めたせいなのか、ようやく私は声が出せるようになる。さらに手足も見えない拘束から解かれた。

「ふふふ。呪いよ、お前たちを繋ぐ決して解けない呪い。ふたりの絆を永遠に繋げ。愛は花に憎しみは棘に永遠の鎖となれ、茨の誓い」

王女殿下が歪んだ笑みを浮かべたその直後、体中に何かが張り巡らされたような感覚を覚える。

呪いが私たちにかけられて、何かがキリアン様と私を繋いだとわかった。

「キリアン様、そのお顔……!?」

「あなたも」

顔どころか、首や手の甲など全部に薔薇の蔓《つる》のような模様が浮かびあがった。その蔓《つる》のようなものは一気に芽吹き、やがて小さな葉が育ちはじめる。

肌の上に見える蔓《つる》は作りもののようで、現実に起こっていることとは思えない。この呪いよりも、先ほど王女殿下に殺されかけたときのほうがよほどおそろしい。

「葉が育っていく」

「キリアン様、何か温かいものを感じます。これは？」

おそろしさを感じない理由。

それは体の中に流れてくる温かく優しいもののせいかもしれない。お風呂でお湯にゆっくりと浸かり、冷え切った体がだんだん温まっていくような感覚。

なぜ確信できるのかわからない。でもこれは彼が私を想ってくれる気持ちだと、愛情だと感じた。

「それは茨。お前たちふたりの愛情を縛るものよ。ほかの相手がよかったと思ってももう逃げられないわ。一生ふたり寄り添って生きるしかないの。互いを裏切ることはできない」

王女殿下は楽しそうに、そう言い放つ。

「愛情を縛る茨。……これは肌に描いた絵のようなものではないのですか？」

蔓《つる》のところどころに小さな棘が見えるが、指で触れても痛くはない。驚いて王女殿下に問うと、先ほどまでのおそろしさが嘘のように丁寧に教えてくれる。

「茨の誓いは、一度発動したら二度と解くことはできない呪いよ。茨の蔓《つる》が見えるのは、茨の誓いをしているふたりだけ。術者の私すらそれは見えないわ」

永遠にふたりを縛る蔓《つる》薔薇、そんな呪いを私とキリアン様は受けたという。こんなにはっきりと見えている蔓《つる》がほかの人に見えないなんて信じられなかった。

「茨の誓いは愛の誓いとして行うもの。互いの愛情を糧に蔓《つる》は育つわ。互いの愛情を注げば緑濃く棘は少なく、やがて花も咲く。けれど、愛情がなくなってしまえば葉が落ち棘だけが成長し、やがてその棘はふたりの体を蝕むようになる。お前たちの思いが憎しみに変われば花は棘になるのよ」

「……愛情を糧に育つのですか」

それは、王女殿下が先ほど呪いを発動したときに言った『愛は花に憎しみは棘に』の言葉そのもの。

「どう育つか見ものだわね。お前の体が棘に蝕まれればいい。お前が幸せになるのは許せないわ」

王女殿下に意地悪くそう言われながら、私はマルガレーテ様の絵を思い出していた。

あれは、純愛の象徴である白い薔薇。愛を誓う花が描かれている。

……この蔓《つる》薔薇はいつか白い花を咲かせるだろうか。棘に苦しむことなく添い遂げ、その花を私たちふたりは見ることができるのか。

愛し続けるふたりならいつか白い薔薇を見ることができるのかもしれない。もしそうならこれは呪いではなく、ただの祝福だ。

でもキリアン様にとってはまさしく呪いだ。

だってこれでキリアン様は、もう私を見捨てられなくなってしまったのだから。この蔓《つる》薔薇はすでに私とキリアン様を繋いでしまい決して抜けない。

彼はとても穏やかで優しい方だ。領民にも横柄な態度をとることはなく、貴族の嫡男として育った方なのに、土に汚れるのも厭わずに働く人。精悍な顔立ちのうえ、誠実な性格でとても人気なのだから、本当なら彼は好きな相手を選べたのに。

キリアン様が私を救うために、愛していると嘘をついていたとしても、もう私から離れられない。つまり、この国で蔑みの対象である離縁をした女が、キリアン様の未来を縛りつけてしまったということ。

……私は浅ましい女だ。好きだと気持ちを伝える資格もないと思いながらも、呪いを受けてしまったのだから、私たちは離れられないのだと喜んでいる。

ちらりとキリアン様の顔を見る。彼の顔に後悔の念が浮かんでいるかもしれない。それが何よりも怖い。

どうか後悔しないでほしい。私を嫌わないでほしい、と強く願う。

「……キリアン様」

キリアン様は、ただ私を見ていた。

彼の目には今、私がどんなふうに映っているのだろうか。

「フェデリカ様……愛しています」

私に向かって流れてくるのはキリアン様の温かい想いだった。それは植物を育てる太陽のよう。

キリアン様は右手を伸ばし、私の手の甲に浮かぶ蔓《つる》薔薇を撫でる。

「あなたの気持ちが私に見える。伝わってくる。あなたも同じですよね。……婚約していても不安でした。私は平民だからあなたにふさわしくないと。だけどその不安は今、なくなりました」

信じていいの……？　この呪いから伝わってくるキリアン様の気持ちを信じて、本当にいいのだろうか。

「不安。そんなの……」

それは私のほうです。あなたにふさわしくないと、自分の気持ちを伝えなかったのは私なのだから。

「この蔓《つる》からあなたの心が伝わってきます。フェデリカ、あなたは私を想ってくれている。あなたの愛はなんて私を幸せにするのだろう」

隠そうとしても私の気持ちもキリアン様に伝わっているのだと知って、恥ずかしさに逃げ出したくなる。それでも私は自分の気持ちにもう嘘はつきたくない。

「キリアン様、あなたと婚約できて幸せです。愛しています。ずっとずっと愛し続けます」

私は両手でキリアン様の右手を包んで、改めて気持ちを告げる。

「私も愛し続けます。一生あなただけを」

告白する私を励ますように、キリアン様の蔓《つる》薔薇の葉が鮮やかな緑色に変化していく。そして先ほどよりももっと温かい心が私に届く。

「生涯あなたを愛し続けます。フェデリカ様」

キリアン様が私を本当に想ってくれるのなら、こんなにうれしいことはない。

ふと自分の手を見ると、私の蔓《つる》薔薇の葉の色も鮮やかな緑色に変化していた。互いの思いが蔓《つる》薔薇を育てると言うのなら、私たちはまさしく互いを想い合っていると言える。

「王女殿下。私たちは茨の誓いをいただいて、改めて互いの気持ちを確認できました。これは王女殿下のお力のおかげです。婚約していても不安だった気持ちが、王女殿下のおかげで完全になくなりました」

キリアン様が王女殿下に向かって言う。

自信のない私でも蔓《つる》薔薇の鮮やかな緑を見れば、キリアン様の心を信じていられるのだ。

「あっはっはっ、ブルーノ、哀れね。あなたが元に戻りたいと願う愛しい元妻は、すでにほかの男のものよ。目の前でほかの男に愛する人間を奪われた、どんな気持ち？」

「フェデリカ、悪いのは王女殿下だ。考え直してくれ、どうかフェデリカ」

「ブルーノ、まだ言うのっ。私のお腹にはあなたの子がいるのよ。あなたは私を愛するの、あなたの愛だけあれば私はそれでいいのよ!!　お前の元妻はもうほかの男のものになったのよ！」

王女殿下の叫ぶ声は、まるで子どもが泣いているようにも聞こえた。欲しいものが手に入らずに、癇癪を起こして泣いているみたいだ。

……この人は本当にブルーノ様を想っているのだと気がつく。愛しすぎているが故に、やり方を間違ってしまったのだと。

どんなものでも手に入る王女なのに、一番欲しいと願う、愛する人の心だけは手に入らないと泣いているのだ。

私は同情しているのだろうか。ブルーノ様に愛を求め、叫ぶ王女殿下の声を聞くのはとてもつらい。

じっと、自分の手を見つめた。

もしもこれが王女殿下とブルーノ様の体にあったら、ふたりはどんな薔薇を育てるのだろうか。

王女殿下の一方的な想いだとしても、この薔薇は育つのか。それを見て王女殿下はどんなふうに思うのか。そして、ブルーノ様はどうするのだろう。

「私はお前たちを幸せにしたのかしら？　ブルーノ、元妻へ祝福の言葉のひとつもないの？」

うずくまったままのブルーノ様は口を開かない。

私に少しでもブルーノ様に対して気持ちが残っていたのなら、その祝福の言葉は苦痛以外の何物でもないだろうが、残念ながら？　幸いにも？　たった一欠片の思いも残ってはいない。何を言われたとしても平気だ。

だからこそ、私はブルーノ様の前で言い切る。

「私はとても幸せです。王女殿下」

私が今幸せなのは、キリアン様が私を求めてくれたから。

「そう。もうブルーノへの未練はないのね」

「はい。ブルーノ様にほうっておかれた一年は私にとってつらく屈辱の時間でしたから。彼への気持ちなどひとかけらも残っていません。それに彼の愛が私の心を癒してくれたのです」

わざとことさら悲しげに言って、キリアン様を見る。すると、王女殿下は満足した様子で話す。

「そう、それはよかったわ。平民に嫁いでもお前は幸せになれるのね？」

王女殿下は不安そうに、でも不遜な顔で私を見つめてくる。それはなぜか私とブルーノ様の関係を壊したことを後悔しているようにも見えた。

……王女殿下は後悔しているのだろうか。王女殿下の認識では、貴族と平民の結婚は悲劇ともいえるようだから、平民に嫁ぐことになった私はよほど惨めに見えるのだろう。

でも、やはり後悔なんてするはずがないと思い直す。自分の想いを叶えるために、結婚したばかりの私たちの仲を平気で引き裂くような人なのだ。そんなふうに見えたのはきっと私の願望だ。王女殿下に自分の行いを悔いてほしいと思っているから。

しかし、そんな顔をされてももう遅い。一方通行の愛に執着して、私とブルーノ様を引き裂いた。後悔するくらいなら初めから呪わなければよかったのだ。

「はい。茨の誓いで私はキリアン、これから夫になる彼の気持ちを理解できます。心という見えないものがわかるのは安心できます。それは私にとって最大の幸せです。私はこれから幸せになります。新しい夫とともに」

王女殿下の表情が気になり、彼女にあるのかないのかわからない罪悪感だけでも消そうとそう言うと、王女殿下はどこかホッとしたような顔で小さくうなずいた。

「そんな！　フェデリカ。君を愛しているのは私だ！」

叫ぶブルーノ様の声を、もう私は聞きたくはない。

「フェデリカ、愛しているんだ。フェデリカ！」

叫び続けるブルーノ様を、私はキリアン様に寄り添いながら睨みつける。

口だけの愛を語られてもうれしくはない。この人は私を愛していると叫びながら、また呪いを受けたら、きっと平気で別の女性を抱くだろう。そんな人の愛の言葉を信じられるはずがなかった。

呪い……そう、きっとこの人は呪いを受けたら、またそれに流されてしまう。

「王女殿下。私に素敵な贈り物をくださった優しい殿下に僭越《せんえつ》ながら申し上げたく、王女殿下とミケーレ伯爵も、茨の誓いを行っていかがでしょうか」

私が放ったひと言は、王女殿下の表情を凍らせる。

「茨の誓いを私たちが？　なぜ？」

彼女の戸惑ったような声が響き、ブルーノ様は急に黙りこむ。

キリアン様は私に寄り添ってくれている。

「彼の心は弱いです。何かあれば楽なほうへ逃げる人です」

だから彼は呪いを受けても抵抗せずに王太子妃殿下とも閨をともにした。仕方ないと言いながら、楽なほうへ逃げたのだ。

「茨の誓いをすれば、彼の気持ちは王女殿下に向きます。そうしたら王女殿下は安心できるのではありませんか。彼は王女殿下を裏切れないのですから」

そうすれば王女殿下は、手に入らない愛を求めて泣かずに済むのではないだろうか。

ブルーノ様も彼女からの深い愛を身をもって知れば、想いに応えようと思うかもしれない。流されやすい彼のことだから、愛されて生きることの幸せを知るかもしれない。

「……そうね。茨の誓いをしたらブルーノは私に心を向けるしかないのよね。それは私にとっての安心だわ」

「ええ、きっとそうです。王女殿下、どうかご決断を」

私の目の前からいなくなって、遠い王都で幸せになってほしいと思う。恨みがないとは言えないけれど、不幸になってほしくもない。

「ブルーノ、私の夫よ。一生一緒に生きましょうね」

何かを思い切るような顔で王女殿下は一度目を閉じると、覚悟したように再び開ける。そして私を泣き笑いの顔で見つめた。

「……茨の誓い、私とブルーノは一生を夫婦として生きる」

誓いを行ったふたりの蔓《つる》薔薇は私には見えない。だが、ブルーノ様の反応からそれは為されたのだとわかった。

「茨の誓い、おめでとうございます」

「おめでとう。そうね、これは祝うべきことね」

いつの間にかブルーノ様の姿は見えなくなり、王女殿下だけが残る。

ブルーノ様は本人が屋敷の外から入ってきたはずだった。つまり、彼は実体だったというのに、消えてしまったのだ。これも王女殿下の魔法なのか。なんだかすべてが幻だったように感じてしまう。

「王女殿下、どうしてそこまで彼に執着するのですか。彼はフェデリカ様の言う通り、心が弱い人だと思います。また何かあれば、きっと楽なほうへ逃げるでしょう。それでも彼がいいのですか」

キリアン様は優しい人だ。王女殿下が心配になったのだろう。でもこの言葉は恐れを知らなすぎるとも思う。王女殿下の機嫌を損ねたら殺されてしまうというのに。

しかし、私の恐れたことは起きず、王女殿下は遠くを見ながら口を開いた。

「私は子どものころからずっとブルーノを想っていたの。彼が夫になるのだと疑いもしなかった」

「王女殿下？」

「彼が突然婚約すると言い出して驚いたし、なんの約束もしていなかったけれど、裏切られたと思った。結婚前の彼に思いを告げ、せめて一度の思い出として抱いてほしいと願った私に彼は妻だけしか抱けないと答えたの」

突然始まった王女殿下の話に私とキリアン様は何も言わずに耳を傾ける。

これがキリアン様の問いの答えなのだろうか。

「だから、呪いは彼への私なりのお別れのつもりだったわ。彼が王太子妃を抱かなければ、ひと晩でその呪いは解けるはずだった。それで彼が本当にお前を愛しているのだと確かめて、私は自分の想いを終わらせるつもりだったの」

それは懺悔とも言える告白だった。

王女殿下はブルーノ様を愛しながらも、想いを諦めるために彼の心を試そうとしたのだ。本当に妻だけを思っているとわかったら、彼女は身を引くつもりだった。

それなのに彼は、私と王女殿下両方の想いを踏みにじった。

「だけど、彼は王太子妃と閨をともにしたのですね」

「ええ。当然のように王太子妃とひと晩ともにして、それから延々彼女と過ごしたの。妻以外は抱けないと答えたくせに、呪いを解くためという大義名分を掲げて、己の主《あるじ》の妻を抱いたのよ」

ダンッと王女殿下は床を踏み鳴らす。

お腹には子どもを授かっているというのに、その姿はおそろしく、私は思わずキリアン様の腕にしがみつく。

「義姉を抱いたと知ったとき、悔しくて悲しかったわ。妻以外を抱けるなら私でもよかったはず。お前が彼の妻である必要はなかったはず。だからこの結婚は正しくないと思った」

血走った目で王女殿下は私を見て、話を続ける。

「彼が義姉を抱いたと知った私は、再び呪いをかけた。一年間、ミケーレ家の者がお前を蔑むような呪いもかけたの。ただし、ブルーノの妻にふさわしいならその呪いは消える。そして、お前にも、悪意に対して悲観的になり、抵抗できなくなるという呪いをかけた。でもそれも、ブルーノを信じて愛し続けていれば解けるはずだったのよ」

「呪いのせいで、私はミケーレ伯爵家の者たちに憎まれたのですか？　私にも呪いがかけられていた？」

そんなひどいこと、どうしてこの人はできるのだろうか。私は呪いのせいで、悲しくつらい思いをし続けたのか。

悲観しながらブルーノ様を待ち続けている間に、彼への信頼も愛情も失っていた。だから私にかけられた呪いは解けなかった。

結果、一年間、誰の呪いも消えなかった。

私は王女殿下の呪いに負けたのだ。そして彼も。

「僭越《せんえつ》ながら王女殿下、本当に彼でいいのですか。彼は他人などどうでもいい、自分だけが大切な人です。何があっても自分は悪くない、こういう事情があったから仕方ないと言い訳する人……それでもいいのですか」

彼のことが好きだった。大好きで、一生一緒に生きていくのだと決心して結婚した。けれど理由がわからずに一年間放置されたあげく、自分は悪くないと言い訳をされた。

王女殿下の呪いがなければ、私はまだ彼の妻だっただろう。

でも別れる本当の理由は、彼が私をほうっていたせい。彼は自分だけがかわいそうだと一年間思い続けて妻には会わなかった。私を放置することで、主《あるじ》の妻を抱くその罪をなかったことにしていたのだろう。

本当にひどい人。それでも私はもう彼を忘れて前に進んでいる。

……でも王女殿下は？

「いいのよ。だって彼が好きなの。彼だけが私のすべてなの」

そう言い切る王女殿下は哀れで、でもその姿をなぜかうらやましくも感じた。

「そうですか、すでに縁は切れていますが伯爵家に嫁いだ者として、これだけ言わせてください」

「何よ」

「王女殿下が嫁がれる際、領地管理の能力が高い者をどうか数年でもいいですから、ミケーレ領に派遣していただけるようお口添えいただけませんか」

「どういうこと」

戸惑う王女殿下の顔は、一瞬で公人のものとなる。

私は離縁の慰謝料としてミケーレ領の一部を譲り受けたこと、その地は順調に復興しはじめていることを話す。そしてミケーレ領は資金も人手も何もかもが不足していて、復旧作業が思うように進まず、私がいなくなったことで益々困窮していると告げた。それを助けてあげてほしいと懇願する。

「わかったわ。陛下に私と彼の婚約を認めさせたらすぐに人員を派遣するわ」

「そうしていただけるなら、私はもうなんの憂いもございません」

私がそう言い頭を下げると、王女殿下は満足そうな顔で私に笑いかけた。

そして、姿を消したのだった。

王女殿下は私たちを翻弄するだけ翻弄し、消えていった。できれば王女殿下とは二度と会いたくない。

「……消えましたね。フェデリカ様」

「ええ、キリアン様。魔法で姿を見せるなんて聞いたことがないのだけれど」

王女殿下が消えた場所を見つめる。

王都からトニエ子爵領までの距離を簡単に転移できる彼女の魔法使いとしての才能はすさまじい。

「恐ろしい魔法ですね。私、手が震えていますわ」

再び王女殿下が姿を現すのではないかと不安になりながら、震えている手をキリアン様へ見せる。

「ええ、本当に恐ろしい人です。でもあなたが無事でよかった」

「キリアン様」

絶対に逆らってはいけない王女殿下の存在に、私とキリアン様は緊張していたのだろう、姿が消えた途端ふたりで床にしゃがみこんでしまう。

「もう王女殿下とお話しする機会はないと思っていいですか」

「そもそも接点があるはずない方なのです。私はただの田舎の子爵家の娘なのですから」

今はただの出戻り子爵令嬢で、ただの下級貴族の娘でしかない。

「それならよかったです。……実はミケーレ伯爵が来ていると聞いて不安になり、扉の前で様子を窺っていました。申し訳ございません」

キリアン様は立ち聞きしていたことを悔いているのか、少し元気がない。結婚していた相手と言っても今は他人で、扉は開けておいたのだから会話はよく聞こえるようになっていた。

「謝らないでください。キリアン様が機転を利かせてくださらなければ、私は今生きていないかもしれません」

「フェデリカ様――」

「茨の誓いがなされたのですから、私たちは夫婦になると思っていいですか？」

本当はこんな呪いを受けたくなかったと言われるのが怖くて、もう夫婦も同然だとキリアン様に言ってほしくて、つい聞いてしまう。

私を優しく見つめているのに、キリアン様は返事をしてくれない。茨の誓いで彼の気持ちは私に伝わってくるのに、王女殿下の前で嘘を言っただけだと言われるのが怖くてたまらない。

不安が募った私はさらに恐る恐る尋ねる。

「キリアン様、呼び捨てで呼んでくださいますか？」

他人行儀に様を付けたりせずに、呼び捨てにしてほしい。王女殿下の前で一度だけそう呼んだように。

「……フェデリカ」

キリアン様は抱きしめてくれる。そしてそのまま話しはじめる。

「私は弟に命を狙われて死にかけました。私が生きていると弟に知られたら、あなたにもトニエ子爵家にも迷惑がかかるとわかっていて、図々しくあなたについてこの地に来てしまいました」

あのときあそこでキリアン様に出会っていなければ、両親から教えられた薬師としての生き方を私は思い出せなかったかもしれない。

マルガレーテ様が私を見守ってくださっていたとしたら、あの出会いこそが神の奇跡だったのかもしれない。

「キリアン様」

体をそっと離して、キリアン様の目をまっすぐに見て伝える。

「図々しくなんて、私がそうお願いしたのですから。それにトニエ領とキリアン様のご実家ジラール領はとても離れていますから、よほどのことがない限り見つかりません」

「ええ、自分自身にもそう言い訳してお世話になり続けていました。そしてあなたと一緒にいるうちに、あなたを好きになってしまいました。そんな資格はないのに……。だから気持ちを伝えようとは思っていなかったのです」

資格がないのは私のほうだ。そして私も気持ちはずっと隠しておくつもりだった。

「私に惹かれていたというのは本当ですか」

「本心です。あのとき咄嗟に婚約者と言ったのは、あなたの気持ちがブルーノ様にないとわかれば、王女殿下の気持ちが収まるのではないかと思ったからですが」

「でも本当に後悔はありませんか？　茨の誓いなどと言う呪いで私に一生縛られてしまっていいのですか？」

不安な気持ちが消えずに、何度も何度も聞いてしまうのは自信がないから。

離縁した出戻りの私がキリアン様に愛される。そんな幸せがあるとはまだ信じられなかった。

「後悔なんてありません。あなたが私の手を取ってくれた、これ以上の幸せはありません。愛しています、フェデリカ」

そう言ってキリアン様は再び私を優しく抱きしめてくれる。

「本当に？」

夢ではないだろうか、彼に抱きしめられて愛を告げられているなんて。

「はい。フェデリカ様は嫌ではありませんか。後悔しては？」

「後悔なんてありません」

はっきりと答える。

キリアン様は安心したように深く息をついたあと、抱きしめる腕にギュッと力を込めた。

「好きです。愛しています。どうか私の妻になってください」

「はい。キリアン様、私とずっと一緒にいてくださいね」

蔓薔薇《つる》の葉の緑が濃くなって、棘が小さくなっていく。

愛を糧に育つ蔓薔薇《つる》はこれからもっと育ち、いつか花を咲かせるのだろう。

第十一章　愚か者たちの末路

フェデリカに捨てられてから、王女殿下による私ブルーノ・ミケーレへの執着は以前よりもひどくなった。

あれから五年。私は茨の誓いという呪いに体を蝕まれていた。王女殿下は離宮にこもり秘密裏に女の子を産み、その子は王太子妃パオラ様が二番目に産んだ子とした。

そのあと、私と王女殿下は結婚した。嫌だと言っても、やめるなどできなかったのだ。結婚していても家に帰りたくなく、私は二日に一度は理由を作り王宮に留まっていた。

「ブルーノ様、私たちはお先に失礼いたします」

「お疲れ様でした」

主《あるじ》のいない王太子殿下の執務室で同僚を見送ると、上着のポケットから紙片を取り出す。

「……王太子殿下の寝室か」

それは昼間、王太子妃殿下からそっと渡された紙片に書かれた走り書きだった。

王太子殿下が病に倒れて十日以上経った。熱が下がってからも意識はあやふやなままだと聞いている。

「何か内密な話か……。気が重いな」

ズボンのポケットに入れていた小さな匂い袋、その中に隠し持っていたリボンを取り出し眺める。それはフェデリカとの婚姻の誓いで彼女が私の腕に結んでくれたもの。

未練がましいが私はまだ捨てられず、こうしてときどきこっそり眺めている。もしこのことを王女殿下に知られたら彼女は烈火のごとく怒るだろう。自分の意思ではないとは言え茨の誓いをしている。しかし、妻に愛情はまったくなく元妻に未練があった。

「私はフェデリカをまだ愛している。王女殿下と結婚していても、私の妻は今でもフェデリカだけだ。だが……彼女のことも気になっているなんて」

言葉にすると改めて、自分の不誠実さに呆れてしまう。ぎゅっとリボンを握りしめ、フェデリカへの思いを心の奥底に封じこめる。

そう、私はある秘密を抱えていた。

――王太子妃殿下を抱いているということ。

一度だけではない。何度も何度も、彼女を抱いた。

子が生まれて、王太子妃殿下が離宮から王宮に戻ってきてから関係は始まった。きっかけは彼女のやつれた姿を、私が思わず指摘してしまったことだった。

『どこか具合が悪いのですか』

『いいえ、体はどこも悪くはないわ。でもね、気持ちが。私……今すぐ死んでしまいたいわ』

泣きそうな顔で弱々しくそう言ったあと、王太子妃殿下は『今言ったことは忘れてほしい』と小さく笑って去っていってしまった。

王太子妃殿下はいつもの落ち着きがなく、何かに怯えるように青い瞳がせわしなく左右に動いていた。

なんとなくその顔が気になって、王太子妃殿下にどこかでこっそり話せないかと言うと、王宮地下の部屋に夜中に来るように告げられたのだった。そこは王家の者しか知らない場所で、行くには王太子妃殿下の部屋からか、隠し通路を使うしかなかった。

そこで王太子殿下のひどい行いを聞かされた。彼女は毎夜罵られ打たれながら抱かれて、嫌だおぞろしいと思ってもそれを言えず従うしかないのだと言う。王女殿下が産んだ子を自分の子だと偽ることは罪の意識に苛まれる日々だというのに、王太子殿下から想像もできないほどの乱暴を受けていると告白されて、私は驚きと同時に怒りを覚えた。

――私と彼女が男女の関係になったのは、その晩だった。

誰にも見つからないよう夜中にその部屋に向かい、王太子殿下の暴力に泣く彼女を慰めるために抱く。自分の無力さを感じながら、それから何度も抱いた。

彼女は『一時《いっとき》でも一緒にいられるだけで幸せ』と笑ってくれた。

王太子殿下に抱かれたあとに会うと、白い背中も丸く女性的なお尻も魅力的な太ももかわいそうなほど赤くなっていた。

『醜いと思わないのなら、この痕に口づけて』

『醜いはずがありません。あなたは美しいですよ。優しくて健気で愛らしい人だ』

彼女に求められるまま体に口づけて、彼女の心の傷を労わり慈しむ。

茨の誓いはこの行いを不貞として、私の体を痛めつけたけれど、王太子妃殿下を労われるのならそんな痛みはなんでもなかった。

彼女を秘密の部屋で愛することが私にとっての癒し。いつの間にかそうなっていたのだ。

『もう耐えられないの。私、王太子殿下に復讐をするわ』

逢瀬を何度も繰り返したある晩のこと、パオラ様は私に決心を打ち明けられたのだった。

「……王太子妃殿下は決心されたのだろうか」

ひとりの部屋で、王太子妃殿下の名前をつぶやく。部屋の暖炉で紙片を焼いてから、私は王太子殿下の寝室に向かった。

「失礼します。王太子殿下と王太子妃殿下に、今後のことで話があると言伝《ことづて》をいただき、伺いました」

「そうでしたか、王太子妃殿下は中にいらっしゃいます。今日は王太子殿下も意識がはっきりされているようですよ」

王太子殿下の寝室の扉を叩くと、控えていた従者が答える。以前は貧乏伯爵と私を馬鹿にしていた彼らも、王女殿下の夫になった私に対して敬意を払って丁寧な話し方をするようになっていた。

「それはよかった。では、しばらく人払いをお願いします。王太子殿下よりそうご指示いただいておりますので」

「かしこまりました」

王太子殿下付きの従者と護衛すべてが部屋から離れていくのを確認して、私は扉の鍵をかけた。

入ったことがない豪華な寝室の雰囲気に呑まれながら恐る恐る中へ進む。

「ブルーノ、よく来てくれました」

王太子殿下が眠るベッドのそばにパオラ様が立っていた。

「王太子殿下の意識は……？」

私の名を呼んだ王太子妃殿下に焦りながらベッドを見る。王太子殿下は荒い呼吸を繰り返すだけで意識はないように見えた。

「意識はないわ。人払いはしてくれた？　念のため、音を遮断する魔道具を使うわね」

徐々に体が弱る毒を王太子殿下に飲ませはじめたと告白されてしばらくすると、彼は顔色が悪い日々が続くようになった。そしてある朝高熱を出した。侍医の診察でも理由はわからず、ただ熱を下げ意識が戻るように薬を処方するしかなく、状況は改善されないまま。

毒とはわからないように徹底していると王太子妃殿下に言われても、私は生きた心地がしない。王太子殿下殺害の協力者になってしまったのだ。

「ブルーノ、会いたかったわ」

王太子妃殿下が私に抱きついて甘えるのは、王太子殿下への裏切りだとわかっていても止められない。愛しているわけではないけれど、王太子妃殿下と密かに会うことをやめられなかった。

「ブルーノ、ここで私を抱いて」

「……！　ですが」

「ブルーノ。私のお腹にはね、子がいるのよ。あなたと私の子」

うっとりと腹を撫でながら、王太子妃殿下は微笑んだ。

「まさかまた子を授かるとは思わなかったわ。今朝、侍医に見てもらったの。彼が倒れる前に運よく授かったのだろうと言われたわ」

「王太子殿下ではなく、私の子なのですか？」

何度も抱いているのだからありうる話だけれど、信じたくなかった。

王太子殿下の顔で彼女を抱いていたときとは違う。あのときは私が彼女を抱いていると、王太子殿下は知っていたし、彼の体だったのだ。

だけど今は、そうじゃない。

「もちろんよ。彼は子を作る能力がないの。ここにいるのはあなたの子よ」

「王太子殿下は子を作る能力がない？」

そんな話は知らない。それにもしそうだとしたら最初の子はどうして？

……もしかしたら、あの体は私の体だったのか。魂が入れ替わったのではなく、互いの顔だけが入れ替わっていたのか。そんなこと誰も言わなかったけれど、王太子殿下は気がついていたのだろうか。そうだとしたら彼があのころ不機嫌だった理由が理解できる。

王太子妃殿下が授かった子の父親が自分ではないと知っていたのだから。

「あなたと作った子が、欲しいとずっと思っていたの。最初は違ったでしょう？　あのときは夫の子だと思っていたのだから」

それは衝撃的な言葉だった。

王太子妃殿下は知っていたのだ。私が王太子殿下の顔をして、一年間夫として抱いていたと。自分の体は王太子殿下そのものだと思って彼女を抱いていたというのに。それでは私は本当にフェデリカを裏切っていたことになってしまう。

「あなたはうれしくないの？」

「いいえ。私もあなたとの子がうれしい」

私が愛しているのはフェデリカだけだ。まだ彼女を愛しているし、王太子妃殿下への思いはただの同情だけのはず。

それなのに、子ができたのがうれしいと思うのはなぜだろう。

「これが私の復讐なの。最初の子は夫との子だと思っていたけれどそうではなかった。どんなに力で私を服従させても、夫には子を作る能力がない。だから授かった子を産んで、夫に見せるの」

激しい怒りが瞳に宿っている王太子妃殿下は、静かに続ける。

「私の子を愛してくれる？　私のことも愛してくれる？」

「はい。王太子妃殿下」

言われるままにうなずくけれど、私は混乱していた。

「うれしいわ、ブルーノ。いつか私を誰に気兼ねすることなく名前で呼んで。愛しているわ」

私は最初から、フェデリカを裏切っていた。最初の子も、本当に私の子だったとしたら、私は身も心も裏切っていたというのか。

「うれしい、ブルーノ。私を愛して」

請われるまま口づけて、混乱する頭で彼女を王太子殿下の前で抱く。薄い腹に口づけて、彼女の中に精を吐き出した。

裸のまま王太子妃殿下は私に背を向けて、王太子殿下の顔を見る。

「ねえ、私は私の意志でブルーノとの間に子を授かったわ。この子も私とあなたの子として産んで育てるの。今までの子と同じ。でも子の父親はブルーノなのよ」

意識がないはずの王太子殿下に王太子妃殿下はそう囁くと、彼は大きくうめき声を上げて動かないはずの両手を彼女へ伸ばした。

「あなたは私を愛さなかった。あなたは自分を愛しただけ。私に子を産ませたかったから、ブルーノに抱かせたのだと言った。けれど、本当は私ではなく自分のためでしょう？　完璧な王太子殿下だと言われているあなたが子を作れないなど、自分の矜持が許さなかったのよね」

「……や、やめ」

弱々しい声は王太子殿下のものだった。薄く開いた瞼は、しっかりと私たちふたりをとらえている。王太子殿下の意識が戻っているのだとわかった。

「彼はもうすぐ話せなくなるわ。今は一時的に意識が戻っているだけ。もうすぐ体も完全に動かせなくなるの。意識があっても話せないし動けない」

「君は……私の……妻だ」

「そんなの、とうの昔に形だけになったわ。私はあなたの子ではない子どもの母親なのだから」

冷たい声で王太子殿下に言葉の刃を振り下ろす。

「最初の子も二番目の子も、父親は同じブルーノよ。それをあなたが望んだのでしょう？」

――王太子妃殿下の体も心もすでに私のものだ。彼女の腹の中には私の子もいるのだから。

彼女の中に再び熱を放ったあと、不思議な高揚感を抱きながら私は久しぶりに屋敷へ戻った。

待っていたのは……土色の顔色の妻だった。

「どうしました？」

「あなたは私を裏切ったの？　ねえ、どうしてお義姉様を抱いたの？　お兄様の命令、そうなのよね」

どうして王女殿下がそれを知っているのか。理由はわからないが、国一番の魔法使いならできるのだろう。

「そんなはずないでしょう。王太子殿下は意識がないのですよ」

「それなら、あなたは私とお兄様ふたりを裏切ったのね!!　なんでそんなことを。どうして、どうして！　鏡の魔法であなたとあの女が睦み合っている姿を見た私の気持ちがわかる？」

私は縋りつく彼女の手を振り払い、自室に向かおうとその場をあとにする。しかし。

「許さないわ。裏切るなんて許せないわ」

階段を上っている途中、突然わき腹に衝撃を感じて振り返った。

「何を」

「殺してやる。あなたを誰にも渡さない」

そこまで言われて、やっとわき腹を刺されたのだと気がつく。短刀を抜かれ血が噴き出した。

妻はさらにその短刀を私に向け振りかざした。

「きゃあああっ」

それは妻の悲鳴。

私は無意識に剣を抜いていた。剣術がそれほど得意ではないというのに、無理矢理受けた剣術の訓練はこんなときにだけ力を発揮したのだ。

私に喉元を切られて、階段を転がり落ちていく妻は不自然な角度で首をかたむけ動かなくなる。

「……まさか」

わき腹の痛みに苦しみながら、どうにか階段を下りて妻の様子を見る。

——妻は息をしていなかった。

息をしていないというのに、妻が持っていた短刀はその場で私の喉を貫いた。

「誰にも渡さない……あなたは、私の、夫なのよ」

動かない妻の唇から、呪いのように声だけが響く。

「パオラ、フェデリカ」

ふたりの女の名を呼んで、私の体は力を失い妻の体の上に折り重なる。

王太子妃殿下は『いつか私を誰に気兼ねすることなく名前で呼んで』と私に願った。彼女の名を呼べる日はもう来ない、私の命は消えてしまう。

命が消える、そう理解して私はただ微笑んだ。

これで誰にも苦しめられずに済む。もう、誰にも強要されることはなくなるのだ。

「パオラ、すまない。君が産む子に会えない。フェデリカ、すまない。君にとって私はなんて頼りない夫だったのだろう」

後悔だけの人生だった。

愛した人、フェデリカを幸せにするはずだったのに。

彼女を苦しませ悲しませ、パオラに不義の子を産ませた。

だけど、これで私は楽になれる。もう、楽になれるんだ。

「マルガレーテ様、私の罪をお許しください。そしてフェデリカに幸せを。もしも来世があるなら愛する人を今度こそ幸せにしたい……」

遠くなる意識の中で、そう祈るだけで精いっぱいだった。

第十二章　薔薇が咲いた日

「おとうしゃま！　ただいま！」

私とキリアン様の娘アニスは、私と繋いでいた手を離し、言の葉の木の下に立つキリアン様のほうへ走っていく。

王女殿下に茨の誓いを贈られてから、すでに五年の月日が過ぎた。

婚約期間を経て私はキリアン様と結婚し、お父様が持っているもうひとつの爵位である男爵位をもらった。これは魔法鞄のほかたくさんの貴重な魔道具や薬を開発したトニエ家に特例で与えられたものだった。

貴族が平民の命を奪うのは簡単だ。万が一、今後ジラール子爵家にキリアン様の生存が見つかったときのために、爵位が低くても貴族であれば少しは身を守れるだろうと考えてくれたのだ。

爵位はあるものの領地を持たない私たちは、トニエの領地経営のお手伝いをしながら、私は薬師と錬金術師として、キリアン様は領地の薬草園や言の葉の木の研究者として働いている。言の葉の木の力をより効果的に使える方法をキリアン様は日夜研究しているのだ。

私の両親が離れるのを嫌がったのと、領主の仕事も手伝うのだから近くに住んだほうがいいとお兄様が言ったことで、現在はトニエ家の屋敷の離れに住んでいる。離れと言っても建物は広く、私たち夫婦と子どもが暮らすには十分な大きさだ。

「こらアニス、走ったら危ないぞ」

慌ててキリアン様はアニスを抱き上げると、笑顔で私のところまで歩いてくる。

「アニス、お母様の手を急に離したらだめだよ。お母様が驚いて転んでしまうかもしれないだろう」

「あ、おかあしゃま。ごめんなちゃい」

「この子が驚いてしまうから、次からは気をつけてね」

大きくなってきたお腹を撫でながら、アニスにそう言うと「あかちゃんにもごめんなちゃい」と可愛く謝ってきた。

「おかあしゃま。あかちゃん、いつあえりゅ？」

「もうすぐよ。あと一ヶ月くらいかしら」

もうすぐふたり目の子どもが生まれる。

「はやくあいちゃいなあ」

「ふふ。そうね。早く会いたいわね」

「そうだな。ああ、風が出てきたな。屋敷に入ろうか」

キリアン様はアニスを左腕で、私の肩を右手で抱き屋敷に向かって歩く。たくましい腕に肩を抱かれて、私はついもたれるようにしてしまう。

「フェデリカ、体はつらくないか」

「ええ、大丈夫よ。でも気遣ってくれてうれしいわ。ありがとう」

結婚してだいぶ経つというのに、キリアン様は優しい旦那様のまま。

「フェデリカ、愛しているよ」

私の肩を抱きながら、頬にキスをしてくるのはいつものこと。

娘の前でもこんなふうにしてくるのは恥ずかしいので少しだけ困るけれど、それも幸せと思ってしまうのでだめとは言えない。

「私の体をいつも心配しているわね、そんなに私、信用ないかしら。ちゃんと気をつけているのよ」

心配されるのはうれしいけれど、心配しすぎだと思う。

「大事な奥様だからね。心配するのは当たり前だよ」

「アニスもだいじ？」

「ああ、アニスももちろん大事だよ。ふたりとも大切だ」

「あかちゃんも！」

「そうだな赤ちゃんも大事だ。三人だ」

どうしたのだろう。ふたりの会話を聞いていたら、涙が出そうになってしまった。

「キリアン様……どうしましょう、幸せです。幸せすぎて……」

妊娠中は涙もろくなるのだろうか。涙で潤んだ目でキリアン様を見上げると、彼の顔がそっと近づいてくる。

「ああ。私も幸せだ」

触れるだけの口づけをしたあと、キリアン様は目を見開く。

「キリアン様？」

「花が咲いた」

「え。あ、薔薇が」

それは純愛の証、白い薔薇だった。

マルガレーテ様の絵に描かれていた白薔薇のように、美しい花がキリアン様の首すじの蔓《つる》に咲いている。

「……咲きましたね」

「ああ」

ぽろりと涙が零れ落ちた。王都の伯爵家で孤独に耐えていた当時の自分が報われたように思えて、涙が止まらない。

「おかあしゃまないてりゅの！　いたい？　おなかいたいの？」

「大丈夫よ、ありがとう。幸せだなって思っただけよ。うれしいときも涙は出るのよ」

アニスの頭を優しく撫でる。

「しあわせ？」

「そう、幸せ。キリアン様とアニスと、この子がいてくれるから幸せなの」

「アニスも、アニスもしあわせーーっ」

「キリアン様。私、本当に幸せだわ」

こんなふうに幸せになれるのだと、あのころの私に教えてあげたい。つらさに耐え続け勇気を出して離縁をしたからこそ、幸せになれたのだと。

「これからもっともっと幸せになる。子どもが生まれて、アニスが大きくなって、もっともっと幸せに」

キリアン様の笑顔に私はうなずいて、たくましい体に寄り添う。

――私は今幸せです。

あのとき自分の幸せを諦めず、離縁を選んでよかった。私は自分の手で幸せをつかみ取ったのです。

新＊感＊覚ファンタジー！

Regina レジーナブックス

レジーナブックス Regina

私の人生は、
私のもの!

妹に邪魔される人生は終わりにします

風見《かざみ》ゆうみ

イラスト：内河

妹の侍女によって階段から突き落とされたエリナ。意識を失う寸前に見たのは妹が笑う姿だった。妹の本性を知った彼女は、なんとかして化けの皮を剥がすと決意。さらに妹と浮気していた婚約者を妹に押しつけようと計画を練ることに。計画は上手く進み、エリナは第二王子アレクと婚約したが、元婚約者はエリナに未練タラタラで再婚約しようとし、妹は顔の良いアレクをエリナから奪おうとしてきて……

詳しくは公式サイトにてご確認ください。

https://www.regina-books.com/

携帯サイトはこちらから！

この作品に対する皆様のご意見・ご感想をお待ちしております。
おハガキ・お手紙は以下の宛先にお送りください。

【宛先】
〒150-6019 東京都渋谷区恵比寿 4-20-3 恵比寿ガーデンプレイスタワー 19F
（株）アルファポリス　書籍感想係

メールフォームでのご意見・ご感想は右のＱＲコードから、
あるいは以下のワードで検索をかけてください。

アルファポリス　書籍の感想　検索

ご感想はこちらから

本書は、「アルファポリス」（https://www.alphapolis.co.jp/）に掲載されていたものを
改稿、加筆のうえ、書籍化したものです。

いえ、絶対《ぜったい》に別《わか》れます

木嶋うめ香（きじま うめか）

2024年 2月 5日初版発行

編集－境田 陽・森 順子
編集長－倉持真理
発行者－梶本雄介
発行所－株式会社アルファポリス
〒150-6019 東京都渋谷区恵比寿4-20-3 恵比寿ガーデンプレイスタワー19F
TEL 03-6277-1601（営業） 03-6277-1602（編集）
URL https://www.alphapolis.co.jp/
発売元－株式会社星雲社（共同出版社・流通責任出版社）
〒112-0005 東京都文京区水道1-3-30
TEL 03-3868-3275
装丁・本文イラスト－とぐろなす
装丁デザイン－AFTERGLOW
（レーベルフォーマットデザイン―ansyyqdesign）
印刷－中央精版印刷株式会社

価格はカバーに表示されてあります。
落丁乱丁の場合はアルファポリスまでご連絡ください。
送料は小社負担でお取り替えします。

ISBN978-4-434-33353-8 C0093